5년

88권

94번의

독서토론

이야기

부모되는
철학시리즈 함께 나누는 행복 이야기

부모가 된다는 것은 지구상에서 가장 힘들고 어렵다. 동시에 가장 중요한 일이기도 하다. '부모되는 철학 시리즈'는 아이의 올바른 성장을 돕는 교육 가치관을 정립하고 행복한 가정을 만들어 가는 데 긍정적인 역할을 할 것이다. 부모가 행복해야 아이들도 행복하다. 행복한 아이와 행복한 부모, 나아가 행복한 가정 속에 미래를 꿈꾸며 성장시키는 것이 부모되는 철학의 힘이다.

사춘기 자녀와 책 한 걸음

5년 88권 94번의 독서토론 이야기

초판 1쇄 발행 2024년 3월 31일

지은이. 이해정, 이혜진, 권효진, 이오연, 이윤서
펴낸이. 김태영

씽크스마트 책 짓는 집
경기도 고양시 덕양구 청초로66
덕은리버워크 지식산업센터 B-1403호
전화. 02-323-5609

홈페이지. www.tsbook.co.kr
블로그. blog.naver.com/ts0651
페이스북. @official.thinksmart
인스타그램. @thinksmart.official
이메일. thinksmart@kakao.com

ISBN 978-89-6529-053-7 (03810)
© 2024 이해정, 이혜진, 권효진, 이오연, 이윤서

•씽크스마트 - 더 큰 생각으로 통하는 길
'더 큰 생각으로 통하는 길' 위에서 삶의 지혜를 모아 '인문교양, 자기계발, 자녀교육, 어린이 교양·학습, 정치사회, 취미생활' 등 다양한 분야의 도서를 출간합니다. 바람직한 교육관을 세우고 나다움의 힘을 기르며, 세상에서 소외된 부분을 바라봅니다. 첫 원고부터 책의 완성까지 늘 시대를 읽는 기획으로 책을 만들어, 넓고 깊은 생각으로 세상을 살아갈 수 있는 힘을 드리고자 합니다.

•도서출판 큐 - 더 쓸모 있는 책을 만나다
도서출판 큐는 울퉁불퉁한 현실에서 만나는 다양한 질문과 고민에 답하고자 만든 실용교양 임프린트입니다. 새로운 작가와 독자를 개척하며, 변화하는 세상 속에서 책의 쓸모를 키워갑니다. 홍겹게 춤추듯 시대의 변화에 맞는 '더 쓸모 있는 책'을 만들겠습니다.

•천개의마을학교 - 대안적 삶과 교육을 지향하는 마을학교
당신은 지금 무엇을 배우고 싶나요? 살면서 나누고 배우고 익히는 취향과 경험을 팝니다. 〈천개의마을학교〉에서는 누구에게나 학습과 출판의 기회가 있습니다. 배운 것을 나누며 만들어진 결과물을 책으로 엮어 세상에 내놓습니다.

자신만의 생각이나 이야기를 펼치고 싶은 당신.
책으로 사람들에게 전하고 싶은 아이디어나 원고를 메일(thinksmart@kakao.com)로 보내주세요.
씽크스마트는 당신의 소중한 원고를 기다리고 있습니다.

사춘기 자녀와
책 한 걸음

사춘기 자녀,
책으로 함께 자란 이야기

　자녀가 책을 읽는 모습을 좋아하지 않는 부모는 없을 것입니다. 옛말에 자식이 밥을 먹는 모습만 보아도 부모는 배가 부르다고 했지만, 저는 아이가 몰입해서 책을 읽을 때 괜스레 기분이 좋아져 입꼬리가 슬며시 올라가곤 했습니다.

책읽기와 멀어지는 아이의 뒷모습

　한글을 뗄 무렵에는 아무 책이나 그저 글을 읽기만 해도 좋았는데, 학령기를 앞두고서는 읽어야만 하는 전집들로 거실 책장을 가득 채웠습니다. 직장맘이었지만, 적정 학년과 나이에 읽어야만 한다고 하는 책들, 흔히 권장도서 전집들을 종류별로 책장에 꽂아주는 '독서교육에 관심 좀 있는' 엄마였지요. 어릴 적 아이도 엄마와 책 읽는 시간을 무척 좋아했습니다. 책장에 꽂혀 있는 책들을 한 권씩 읽어 나갈 때마다 스티커를 하나하나 붙여

가며 정말 열심히, 즐겁게 책을 읽었습니다. 하지만 초등학교 고학년에 접어들면서 학교와 학원 수업에 익숙해진 아이는 점점 책과는 멀어지기 시작했습니다. 책보다는 웹툰이나 휴대폰, 친구들의 '구독, 좋아요'가 더 즐겁고 중요해졌고, 책을 권하는 엄마의 기대를 피해 아이는 슬그머니 문을 닫고 방으로 들어가 버리기도 합니다. 물론 친구와의 관계도 중요한 부분이지만, 이대로 책과 멀어지는 모습을 바라만 볼 수만은 없었습니다.

처음에는 아이가 다시 책을 가까이하기만 해도 좋겠다는 소박한 생각에 '독서'와 '친구와 함께하는 즐거움'을 결합했던 몇 번의 시도들이 '독서토론 동아리'의 시작이었습니다. 부모들은 '독서'를 위한 동아리를 생각했지만, 아이들은 친구들과 정기적으로 만나 토론 후 오롯이 그들만의 자유시간을 보낼 수 있기에 독서는 양념일 뿐 주재료는 자신들의 '즐거운' 동아리라고 생각했을지도 모릅니다. 하지만, 무엇이 먼저이든 중요하지 않았습니다. '책'과 '친구'가 함께 한다는 것만으로도 독서토론 동아리는 부모와 아이들 모두에게 '구독, 좋아요'가 되었으니까요. 독서토론 동아리에서 친구들과 함께 책을 읽다 보면 혼자서 독서 할 때와 달리 편독에서 벗어날 수 있었고, 책을 매개로 자신들의 속마음도 자연스럽게 풀어놓을 수 있는 시간이 되기도 하였습니다.

책이 삶을 바꿀 줄이야

독서토론 동아리는 아이들의 나이나 친구 관계, 가정 상황 등 주변 여건에 따라 다르므로 모든 경우를 포괄하는 내용을 담기에는 어려움이 있습니다. 그래서 이 책은 주로 초등학생 고학년부터 중학생 단계에 초점을 맞추었습니다. 그렇지만 이 책은 독서토론 동아리 모임이나 엄마표 독서를 시작하고자 하는 부모에게도, 쉽고 재미있는 책을 읽고 싶은데 어떤 책을 골라야 할지 몰라 주저하는 고등학생에도 좋은 길잡이가 될 수 있을 것입니다. 또한 독서토론 동아리의 시작과 방법뿐 아니라 테마별 추천 도서와 그에 따른 활동들을 두루 포괄하여, 책을 읽는 재미와 의미를 함께 찾을 수 있도록 안내하였습니다. 그렇기 때문에 독서토론 동아리가 아니더라도 혼자 책을 읽는 학생들이나, 자녀와 함께 독서토론을 하고자 하는 부모에게도 도움이 될 것입니다.

아이와 함께 책걸음을 시작하세요

독서토론이나 독서동아리를 흔하게 접할 수 있지만, 내 아이의 '책걸음'에 맞춘 의미 있는 독서토론으로 만드는 것이 쉬운 일은 아닙니다. 이미 자녀에게 학습된 기계적인 독서 습관과 이에 대한 부모의 생각도 함께 변화해야 가능하기 때문입니다. 그 변화의 출발은 자녀의 독서 습관에 대한 관심과 성장을 위한 부모의 한걸음에 있습니다. 지금 함께 있는 자녀, 친구와 함께 책을 통한 한 걸음, '책 한 걸음'을 시작해보면 어떨까요?

목 차

level 1 독서토론, 시작하기 막막하다면

level 2 사춘기 취향저격 책 한 걸음

level 3 학교공부 따라잡는 일석이조 책 한 걸음

책걸음 사용 설명서

"어릴 때는 그래도 책을 잘 읽더니 학년이 올라가니까 점점 책을 안 읽으려고 하네."

"그러게. 요즘은 자꾸 핸드폰만 잡고 있어서 걱정이야."

"우리 집 애는 가끔 책을 읽는 것 같아서 들여다보면 모두 판타지 소설뿐이야. 좋은 책을 읽으면 좋을 텐데……."

"애들 보라고 산 명작을 나만 읽고 있어. 어떻게 하면 애들이 좋은 책을 읽을까?"

"그냥 막연히 읽으라고 하니까 더 안 읽는 것 같아. 책을 읽어야 하는 뭔가 동기가 있으면 읽을 것 같아."

"그럼, 애들을 묶어서 독서토론 동아리를 만들면 어떨까? 혼자 읽는 게 아니라 다 같이 읽으니까 책임감 있게 읽을 것 같아"

"책도 읽고 독서토론도 같이 진행하자. 독서토론을 통해 책도 더 잘 이해할 수 있을 거야."

"독서토론 좋다. 뭔가 활동이 있으면 애들도 책을 재미있게 읽을 것 같아."

첫 번째, 독서토론 동아리 Q&A

Q1 참여 인원은 몇 명이 적당할까?

독서토론 동아리 구성은 2명 이상이면 가능하다. 내 자녀와 또 다른 한 명. 이렇게 2명이 모이면 서로 자신의 의견을 말하고 들어주는 기본 활동을 할 수 있어 독서토론이 가능하다. 다만 더 깊이 있는 독서토론을 하기 위해서는 4~6명 정도가 적당하다. 너무 적으면 다양한 의견을 나누지 못해 지루해질 수 있고, 너무 많으면 각자의 말들이 넘쳐나 자칫 산만해질 수 있기 때문이다.

Q2 독서토론 동아리 구성원은 어떻게 모을까?

부모가 평소 친하게 지내는 사람들과 독서토론 동아리를 구성할 수 있다. 친한 친구들, 친한 직장 동료 중 자녀의 책 읽기에 관심이 있고, 독서토론이 가능한 또래가 있는 사람들에게 자연스럽게 독서토론 동아리를 권해보자. 자녀의 책 읽기에 관심이 있는 부모에게 독서토론을 위한 독서토론 동아리는 매우 매력적인 제안일 것이다.

독서토론이 가능한 또래란 책 선정과 토론에 무리가 없는 나이를 의미한다. 모두 동갑내기여도 좋고, 2~3살 정도 나이 차가 나는 것도 좋다. 서로 다른 나이의 구성원은 다양한 관점과 의견을 나눌 수 있다는 점에서 장점이 된다.

하지만 나이 차이가 너무 많이 나는 것은 지양하는 것이 좋다. 책의 내용을 이해하지 못해 책 선정과 독서토론 운영에 무리가 생길 수 있기 때문이다. 따라서 적절한 조화가 필요하며 또래의 연령대를 결정하는 것은 부모의 선택이다.

'온·독' 은 독서토론 활동을 위해 만든 독서토론 동아리다. '온·독'은 'Only 독서'의 줄임말로 독서에 자녀들이 집중하였으면 하는 바람을 담았다. 구성원은 시작 당시 '초4, 초5, 초6, 중1' 자녀들이었다. 처음 시작할 때는 4학년 자녀가 너무 어려서 따라가지 못할까 걱정이 있었다. 그러나 오히려 언니, 오빠들은 동생을 격려하며 배려심을 배우고, 동생은 언니 오빠들의 의견을 많이 들으면서 빠르게 성장하는 모습을 볼 수 있었다. 이제는 동등한 자리에서 함께 토론에 참여하는 구성원이 되었다.

자녀의 동갑내기 친구들과 함께 독서토론 동아리를 구성하는 방법이 있다. 이 방법은 초등학교 저학년 학생들을 대상으로 구성원을 모집할 때 보다 더 유용하다. 같은 학교 친구, 학원 친구, 같은 아파트 친구들을 잘 살펴보자. 그리고 평소 잘 어울리는 친구들의 부모에게 독서토론 동아리를 함께 하기를 권해보라. 아마 처음에는 무척 부담스러워하겠지만 자녀가 책을 잘 있었으면 하는 간절한 바람을 가진 부모는 어디에나 있으니 걱정하지 않아도 된다.

자녀들은 동갑내기 친구들과 함께 무엇인가를 할 때 가장 신나고 즐거워한다. 이러한 즐거움은 책 읽기에 대한 동기부여가 되어 독서토론 동아리를 보다 능동적으로 운영할 수 있다.

자녀의 부모님들과도 처음에는 낯설고 친하지 않아도 또래 자녀를 키우는 부모의 관심사나 고민은 거의 비슷하므로 금세 좋은 동료가 될 수 있을 것이다.

'소꿉놀이 동아리'는 같은 아파트에 사는 1학년 동갑내기 친구들로 구성하였다. 아파트 놀이터에서 함께 놀던 친구들을 모아서 독서토론 동아리를 만들고, 소꿉놀이하듯 책을 읽자는 의미로 '소꿉놀이 동아리'로 이름을 정하였다.

Q3 독서토론 동아리의 목표는?

독서토론 동아리의 목표를 정하는 것은 매우 중요한 과정이다. 그 목표에 따라 선정하는 책이 달라지고, 독서 활동의 방향이 달라지기 때문이다.

초등 저학년 아이들로 구성된 독서토론 동아리는 자녀들이 책과 친해지고 꾸준히 책을 읽는 것을 목표로 하는 것을 권장한다. 책과 함께 놀이도 하고, 책과 관련된 체험활동도 함으로써 책이 즐겁게 느껴진다면 충분히 목표를 달성한 것이다.

초등 고학년이나 중학생 자녀로 구성된 독서토론 동아리는 좋은 책을 읽고 스스로 생각하는 힘을 키우는 것을 목표로 할 수 있다. 이러한 목표에서는 오랜 시간 동안 많은 사람이 좋은 책으로 인정한 인문·고전, 세계 명작, 근·현대 소설을 중심으로 책을 선정하게 된다. 더 나아가 자녀들이 공감할 수 있는 청소년 문학작품도 좋은 소재가 될 수 있다.

독서토론 동아리의 목표는 자녀들의 나이, 성향, 책에 관한 관심도 등을 고려하여 구성원들과 함께 의논하여 결정한다. 동아리의 목표가 정해지면 그 목표를 잘 나타내는 이름을 붙이면 동아리의 결속력을 더할 수 있다.

Q4 모임 횟수와 시간은 어느 정도가 좋을까?

독서토론 동아리 모임 횟수는 학기 중에는 월 1~2회 정도가 적당하다. 모이는 횟수가 너무 적으면 활동의 흐름이 끊기게 되고, 너무 많으면 학교생활과 병행해야 하는 자녀들이 부담을 느낄 수 있기 때문이다. 한 달 이상 공백기가 생기지 않도록 주의한다. 비교적 시간적 여유가 생기는 방학 동안에는 주 1회 모임을 진행하는 것도 좋다. 중요한 것은 지속적이고 반복적으로 활동하는 것이다. 동아리 활동이 일정하게 반복되면 참여하는 자녀들도 때가 되면 당연히 모이는 습관처럼 여기게 된다.

> 5년 이상 장기간 책 모임을 하면서 시작 당시 초등학생이었던 자녀들이 중학생이 되고 고등학생이 되었다. 아무래도 학습에 들어가는 시간이 많아지면서 모여서 독서토론을 할 수 있는 시간을 확보하기가 어려워졌다.
>
> "애들이 바빠지니까 독서토론은 방학 때만 할까?"
> "너무 모임 간격이 멀어지면 활동하던 흐름이 다 끊길 것 같은데...."
>
> 마침 코로나19로 대면이 어려워서 사용되었던 온라인을 적극적으로 활용하자는 의견이 나왔다. 즉 시간이 안 되는 학기 중에는 온라인으로 독서토론을 진행하고, 방학 중에는 바쁘더라고 시간을 내서 월 1~2회 이상 모여서 독서토론을 진행하기로 하였다. 지속적이고 반복적으로 모임을 하는 것이 중요하다.

활동 시간은 대략 1시간(60분) 정도가 적당하다. 독서토론이 활발하게 이루어질 때는 그 이상이 소요되기도 하지만 활동 시간을 1시간으로 정해 놓는 것이 좋다. 그래야 독서토론을 준비할 때도 시간을 고려하여 준비할 수 있고, 참여하는 자녀들도 대략 끝나는 시간을 알 수 있게 된다. 학교에서 쉬는 시간을 기다리는 마음 같다고 생각하면 된다.

Q5 활동 장소는 어디가 좋을까?

독서토론 동아리 활동을 위한 장소는 진행자의 집이나 세미나실, 대여 오피스 등을 활용할 수 있다. '소꿉놀이 동아리'처럼 독서를 통한 놀이가 목표일 동아리는 자녀들이 편안하게 활동할 수 있는 집에서 모이는 것이 가장 적합하다.

반면에 독서토론이 목표인 '온·독'독서토론 동아리는 구성원들이 모여서 마음 편하게 토론할 수 있는 독립된 공간이 필요하다. 함께 둘러앉을 큰 책상이 있다면 집도 독서토론을 하기에 좋은 장소이다. 집이 조금 불편한 경우 근처의 서점이나 스터디카페에서 운영하는 세미나실을 사전 예약을 통해 사용할 수 있다.

요즘은 인터넷을 통하여 내가 원하는 소형 회의실을 대여할 수 있다. 개인 회의실이라 토론에 필요한 칠판, 커다란 책상이 갖춰져 있다. 빔프로젝터나 대형 스크린이 설치된 곳도 있어 필요에 따라 사용할 수 있다.

> ### ※ 유용했던 실제 장소사례
>
> 지역공간 (인천시 마샘 세미나실): 마샘은 서점과 세미나실을 함께 운영하는 곳으로 사전 예약을 통해 독립공간인 세미나실을 이용할 수 있다.
>
> 스터디 카페: 함께 모여 공부하는 장소이다. 안쪽에 단체 세미나가 가능한 별도의 공간이 있어 독서토론을 할 때 유용하게 사용하였다.
>
> 장소 대여 플랫폼: 회의, 촬영, 파티 등 다양한 공간들을 필요에 따라 예약해서 사용할 수 있는 인터넷 사이트이다. 우리는 독서토론을 위해 회의가 가능한 공간을 예약해서 사용하였다.

Q6 책 선정은 어떻게 할까?

책 선정을 할 때는 자녀의 나이와 수준, 독서토론 동아리 목표 등을 고려해야 한다. 초등학교 저학년의 경우 집에 있는 전집을 활용할 수 있다. 책을 새로 준비하는 부담을 갖기보다 집에 이미 있는 책을 읽어 나가는 것이 효율적이다.

자녀가 중·고등학생인 경우 교과서와 연계된 책을 선정할 수 있다. 교과서에 나오는 문학작품을 미리 읽어봄으로써 학습에도 도움이 될 것이다.

인문·고전을 읽히고 싶은데 자녀가 아직 이해하기 어려워한다면 여러 출판사에서 다양한 버전으로 출판되는 책을 수준별로 선택할 수 있다. 아무리 좋은 책도 자녀가 읽고 이해하지 못하면 소용이 없기 때문이다.

독서토론 동아리의 목표가 책과 친해지고 꾸준히 읽는 것이라면 자녀가 흥미를 보이는 책으로 선택할 수 있다. 흥미를 갖고 읽은 책은 독서토론 활동에서도 적극적인 자세를 동반해온다.

책을 통해 생각의 깊이를 키우는 것이 목표라면 인문고전을 중심으로 시작하는 것을 권장한다. 완벽하게 다 이해하지 않아도 괜찮다. 이해하기 어려워 고민하며 읽는 과정에서 생각의 깊이가 커진다.

선정된 책은 독서토론 3~4주 전에 미리 공지하여 사전에 대여하거나 구매할 수 있도록 한다.

"인문고전 처럼 혼자서 잘 안 읽는 책을 하는 게 좋겠어요"
"인문고전 책 읽으라고 하면 애들이 기절하겠네요"
"기절하지 않게 좋아하는 활동을 붙여주면 좋겠어요. 1+1 처럼요. "
"어려운 인문고전만 하는 건 한계가 있으니 아이들이 좋아할 만한 책과 읽어야 할 책을 적절하게 섞어서 읽으면 좋을 것 같아요"

"우리 집에는 분명 입 내밀고 싫다고 할 아이가 있는데 그럼 어떡하죠?"

"먹을 걸로 꼬서 봅시다"

"그럼 독서토론 모임을 하고 나서 다 같이 맛있는 점심을 먹어요. 애들이 좋아하는 음식으로. 그럼 맛있는 거 먹을 생각에 더 즐겁게 참여하지 않을까요?"

"그러게요. 정말 좋은 생각이네요. 독서토론 먹방이네요."

독서토론을 시작할 때 자녀들의 나이가 중학생, 초등 고학년이라 인문고전 중심으로 선택하였다. 처음부터 너무 가벼운 청소년 소설을 중심으로 시작하면 묵직한 내용의 독서를 하기가 어려워진다. 나중에는 안 읽으려고 하니까. 이후 자녀에게 주도권을 넘기면서 조금 더 쉽게 읽을 수 있는 청소년 문학, 세계문학을 중심으로 진행하였다.

※ 독서토론 동아리에서 선정하여 활동한 책 목록은 뒤쪽 부록에 첨부하였다.

Q7 독서토론 동아리의 진행 방식은?

① **독서 품앗이** 독서토론 동아리 운영을 위해서는 모임을 주도하는 진행자가 필요하다. 특히 독서토론이 중심인 독서토론 동아리에서는 토론 진행을 위해 진행자의 역할이 더욱 중요하다. 독서토론 진행자는 책을 선정하고, 장소를 섭외하고, 독서토론 활동을 준비하고, 독서토론을 진행하는 역할을 해야 한다. 독서토론의 특성상 책을 선정하고 토론을 하기까지 유기적으로 엮여있기 때문에 여러 사람이 나누는 것은 효과적이지 않다.

그렇다면 한 명의 진행자가 이 모든 과정을 계속해서 운영하는 것이 가능할까? 그 대답은 '아니다'이다. 혼자 진행하는 것은 금세 지쳐버릴 뿐만 아니라 책 선정과 독서토론이 진행자의 성향에 따라 편파적으로 운영될 위험성도 생기게 된다.

그래서 생각해낸 방법이 바로 독서토론 동아리 구성원 모두가 진행자가 되는 것이다. '십시일반' 구성원들이 돌아가면서 독서토론을 진행하는 방식은 독서토론 운영을 더 수월하게 한다. 마치 농촌에서 농번기에 '농사 품앗이'를 서로 해주는 것처럼 '독서 품앗이'를 하는 것이다.

② **적자생존** 독서토론을 할 때는 활동 내용을 기록하는 것을 권장한다. 이러한 기록은 독서토론 동아리 활동의 히스토리가 될 뿐만 아니라 이후 자녀의 독서 활동 누가기록(독서종합시스템)의 기초 자료로 사용할 수 있다. 기록하지 않은 것은 기억나지 않는다. 부모 중 한 명이 '서기'로서 기록하는 것을 권장한다. 서기는 독서토론에 개입하지 않으며 묵묵히 기록자로서의 역할을 하는 사람이다.

> 코로나19로 인해 온라인으로, 자녀 중심으로 독서토론을 하며 기록을 하기 시작했다. 주도적으로 활동하고 싶어 하는 자녀들에게도 '서기'의 역할을 설명하고 동의를 얻었다. 서기는 화면을 끄고 음소거를 한 채로 참여하였다. 가끔은 토론이 엉뚱한 길로 빠질 때는 진행자에게 발표권을 받고 방향을 잡아줄 수 있는 의견을 제시하는 추가적인 역할을 하기도 했다.

기록된 내용은 밴드나 블로그 등을 활용하여 사진과 함께 탑재한다. 공개와 비공개는 자유 선택! 이렇게 온라인에 탑재하는 것은 자료의 장기적 보관과 함께 동아리 구성원 누구나 쉽게 열람할 수 있다는 장점이 있다.

Q8 사춘기 자녀들이 주도하는 독서토론을 하려면?

독서토론 동아리를 시작하고 2~3년 동안 독서토론의 주도권은 부모에게 있었다. 진행을 맡은 부모가 책을 선정하고, 활동을 준비하고, 독서토론을 맡아서 진행하였다. 자녀들은 그날 독서토론 활동에 열심히 참여하는 것이 그 역할이었다.

그러나 예기치 못한 코로나19로 인하여 만나서 하는 독서토론이 불가능하게 되었다. 고민 끝에 선택한 것이 바로 온라인 독서토론이다. 그러나 온라인 토론을 해 본 적 없는 자녀들은 화면을 보며 말하는 것을 어려워했고, 진행자는 그런 자녀들을 격려하며 어떻게든 이끌어가려고 애쓰는 상황이 되었다. 활동을 끝내고 자녀들에게 토론이 어땠냐고 물어보니 '재미없었다', '어른들이 화면에 같이 나와서 부담스러웠다' 등 부정적인 반응이 많았다.

우리는 이때 모든 문제에는 예상치 못한 답이 들어있다는 사실을 알게 되었다. '어른들이 화면에 같이 나오니까 너무 부담스럽다'라는 말에서 '그럼 어른들이 빠지고 아이들이 이 독서토론을 주도하도록 해 보는 게 어떨까?' 하는 생각이 들었다.

이렇게 독서토론을 주도권을 넘기는 작업이 시작되었다. 자녀에게 독서토론의 모든 주도권을 넘기는 과정에서, 독서토론이 가능할까 하는 걱정도 되었지만, 그 속에서 시행착오를 거쳐 가며 성장해 나갈 것을 기대하는 마음이 더 컸다.

자녀들에게 책의 선정, 독서토론 준비, 간식 주제, 독서토론 활동을 주도적으로 실시하도록 하였다. 자녀들은 스스로 주도권을 잡게 되면서 자신이 직접 독서토론을 이끌어가야 한다는 생각에 책을 더 열심히 읽고 독서토론을 준비하였다. 무엇보다 온라인이 자신들만의 공간으로 느껴져

토론에 적극적으로 참여하는 모습이 보였다. 물론 때로는 장난도 치고 엉뚱한 소리도 하지만 그 과정들이 있었기에 아이들끼리 진행한 독서토론이 3년이 지나도록 지속된 것이 아닐까 생각된다.

사춘기에 접어든 자녀들에게 부모가 책을 읽히고 토론을 시켰다면 5년 이상 긴 시간 동안 독서토론 동아리 활동이 지속되기는 어려웠을 것이다. 자녀에게 주도권을 넘기는 것은 '신의 한 수'이다.

Q9 온라인과 오프라인 활동을 적절하게 병행하기?

온라인과 오프라인을 융통성 있게 활용함으로써 보다 효율적으로 독서토론 동아리를 운영할 수 있게 되었다.

독서토론 동아리를 처음 시작할 때는 만나서 얼굴을 보고 활동하는 오프라인이 좋다. 독서토론이라는 낯선 활동에 적응도 하고 구성원끼리도 친해지는 시간이 꼭 필요하다.

코로나19로 인하여 대면으로 독서토론을 하는 것이 어려워지면서 그 대안으로 온라인을 이용한 독서토론을 시행하였다. 코로나로 인해 어쩔 수 없이 시작한 온라인 활동이었지만 그 과정에서 자녀들이 독서토론의 주도권을 잡으면서 독서토론 동아리는 부모가 아닌 자녀가 중심이 되는 양상을 띠었다. 생각지도 못한 큰 소득이었다.

코로나19가 잠잠해지면서 다시 오프라인으로 독서토론을 진행하려고 보니 어느새 자녀들이 중학생, 고등학생이 되어 시간적 한계가 생겼다. 그래서 선택한 방법은 오프라인과 온라인을 병행해서 모임을 진행하는 것이다.

Q10 독서토론 + 맛있는 음식 = ?

처음 독서토론 동아리를 시작할 때 아이들의 반응은 그냥 싫지 않은 정도였다. 책이 싫지는 않지만, 시간을 내어 책을 읽고 독서토론에 참여하는 것이 아마 귀찮았던 것 같다. 그런 아이들이 가장 좋아했던 시간은 바로 독서토론 후 식사하는 시간이었다. 아이들은 좋아하는 음식을 먹으며 독서토론 때보다 더 많은 이야기를 하며 서로 친해지고, 서로 친해지다 보니 어느새 독서토론 하는 시간에도 조금 더 적극적으로 참여하는 모습을 보였다. '금강산도 식후경'이라는 말에 왠지 공감이 간다.

코로나19로 인해 만나서 독서토론을 하기 어려워지면서 온라인으로 활동을 전환하게 되었다. 서로 만나지 못하는 상황에서 화면으로 얼굴을 보며 활동을 하는 것은 또다시 낯설고 어색하기만 했다. 그래서 제시한 것이 간식 타임이었다. 독서토론을 진행하는 진행자가 사전에 책과 관련된 주제를 미리 공지해준다. 예를 들어 『옹고집전』을 선택했다면 '다른 사람은 주지 않고 나 혼자 다 먹고 싶은 간식'을 간식 주제로 공지하는 것이다. 이 단순한 문자를 보내기 위해 진행자는 책의 내용을 한 번 더 생각해서 주제를 정하게 되고, 문자를 받는 사람은 주제와 책, 간식의 관계를 한번 고민하게 된다. 그리고 무엇보다 온라인에서 서로의 간식을 주제와 관련해서 소개하고 먹방을 하면서 신나게 웃는 모습에서 어색함은 사라지고 즐거움이 가득해 보인다.

독서토론과 맛있는 음식을 반복하여 연결하면 이런 착한 결론이 나온다.

"독서토론은 정말 맛있다!"

간식을 활용한 실제사례를 소개한다.

간식으로 허풍떨면서 돈키호테 따라잡기

은하: 과거 귀족들의 반지와 목걸이를 지키던 방패를 가져왔다. (미니 초콜릿)

동진: 일단 준비하는데 힘들었다. 고등학교에 가려면 독수리 둥지까지 찾아가서 이 간식을 입에 넣어주어야 합격한다. 지금 머리가 부스스한 이유도 독수리한테 뜯겨서이고, 정말 마지막 남은 것을 간신히 가져오게 되었다. (뿌＊클 치킨)

소희: 외국에서 비행기를 7시간에 걸쳐 날라온 간식이다. 적정 온도를 안 맞추면 먹을 수 없는 간식이다. (아이스 블루베리)

재율: 두 가지 준비했는데, 하나는 무려 염산보다도 ph지수가 훨씬 높다. 이 것을 많이 먹으면 구토와 환각, 사망에 이르게 된다. 기도에 들어가면 즉사할 수도 있다. 독거미, 전갈 등의 성분이고 죽을 수도 있으니 작별인사도 합니다. (프＊글스와 물)

➡ 돈키호테 독서토론 후, 주인공의 캐릭터에 맞게 평범한 간식을 허풍스럽게 표현함.

간식으로 사치 부리기!! 과연 최고의 FLEX 주인공은?

동진: "투☆조각케익" 6,300원 (한 입에 약 600원)

은하: "샤인머스캣 포도" 5,000원 (한 입에 약 1,600원)

재율: "초밥(12pcs)" 18,500원 (한 입에 약 1,500원)

소희: "하☆☆즈 아이스크림" 13,900원 (한 입에 약 900원)

오늘의 FLEX QUEEN!!! 은하!!!~!!! 진정한 재벌!!!

➡ 60분 간의 명품여행 이라는 주제토론 후, 평소에는 비싸서 사먹지 않던 간식 준비

『아라비안 나이트』먹으면 힘이 나서 하늘을 날 것만 같은 간식!

『옛이야기로 만나는 법 이야기』나의 인권을 존엄하게 지켜줄 것 같은 간식!

『장화홍련전』재료나 포장지 등에 붉은 색이 들어 있는 간식!

『파랑새』먹을 때 정말 행복해지는 간식!

『80일 간의 세계 일주』내가 여행 가보고 싶은 나라와 관련된 간식!

『모비딕』나의 욕망(식욕)을 자극하는 간식!

『5번 레인』숫자 '5'나 글자 '오'가 들어간 간식!

『소공녀』공주처럼 우아하게 먹을 수 있는 간식!

『순례주택』다른 사람들과 나눌 수 있는 간식!

『클라라의 전쟁』갑자기 대피할 때 유용한 비상식량 타입의 간식!

『피딴문답, 청포도, 성북동 비둘기』나와 닮은 점이 있는 간식!

『옹고집전』평소 혼자만 다 먹고 싶을만큼 욕심나는 간식!

Q11 독서와 관련된 문화 활동을 진행하려면?

방학을 활용하여 독서와 관련된 문화 활동을 진행하였다. 내가 읽었던 책과 관련된 장소에 가보거나, 관련된 사람을 직접 만나보는 것은 책에 대한 흥미를 높이는 중요한 계기가 된다.

『쏭내관의 재미있는 궁궐 기행』을 읽고 서울로 향했다. 인천이라서 그리 먼 거리는 아니지만, 방학이라서 여유 있게 강의를 들은 후 서울 나들이를 할 수 있었다.

근현대사 투어는 인천 중구에서 시작한다. 인천 중구는 살아있는 근현대사 박물관이나 다름없다. 문화해설사 투어 두 시간 코스 등을 신청했다. 오래간만에 방문해서인지 '대불호텔 터'만 있던 곳이 '대불호텔 전시관'으로 바뀌어 있었다. 아주 저렴한 입장료가 있고, 주변 박물관 등 코스를 묶어 할인도 해준다. 차이나타운 여행의 묘미는 투어 후 짜장면이 아닐 수 없다.

작가와의 만남은 책을 깊이 있게 이해하는 데 도움이 된다. 첫 번째 작가와의 만남은 이현 작가이다. 코로나가 한창이던 22년 여름방학에 '푸른 사자 와니니' 시리즈로 아이들에게 큰 인기가 있는 이현 작가가 청소년 성장소설 『호수의 일』을 발표하셨다. 독서토론 동아리에서 아이들이 이 책을 선정했다. 바로 책씨앗 플랫폼에 문의를 올려놨더니 바로 연락이 왔다. 작가님이 집필 중이셔서 홍대 근처로 장소를 잡고 질문거리와 진행 등을 아이들이 준비했다. 작가님은 질문과 진행 전체를 아이들이 스스로 해서 큰 즐거움과 희열이 있었다고 했다. 작가와의 만남 후 각자 홍대 주변과 대학 투어 등을 보너스로 마치고 돌아왔다.

두 번째 작가와의 만남은 유범상 교수님이다. 많은 책을 내신 작가이기도 하지만, 사회학과 교수님이 본업이셔서 우리 청소년들에게 따뜻한 조언도 아끼지 않으셨다.

유범상 교수님은 왜 동화책을 쓰셨냐는 아이들의 질문에 사회복지학을 전공하신 교수님은 『동물농장』을 보고 쉬운 듯 깊은 이야기를 해 보자는 생각과 사회과학을 어떻게 시민과 공유할 것인가를 고민하다가 우화 같은 『이매진 빌리지에서 생긴 일』을 쓰게 되었다고 하셨다. 교수님의 이야기는 아이들에게 큰 울림을 주었다. 함께 한 엄마들에게도 큰 감동이 되었다.

독서토론 동아리라는 이름으로 책을 읽고 토론하는 우리지만 여전히 아이들의 다양한 체험을 고민하는 우리는 책과 자연스럽게 연결할 방법들을 꾸준히 고민한다. 그리고 그런 고민을 아이들이 즐겁게 받아 들여준다.

두 번째, 독서토론의 3가지 보물

1) 싸움 대신 대화

　안타깝지만 대부분 어려서는 책 읽기 좋아하던 자녀가 책과 멀어지는 시기가 반드시 온다. 그리고 그즈음 사춘기를 맞이한 자녀와의 대화도 점점 줄어들기 마련이다. 그러나 우리 동아리의 멤버들은 그런 모습과는 거리가 먼 쪽이었다. 독서토론의 효과를 굳게 믿었기에 꾸준히 책을 읽고 대화를 시도한 담금질의 결과라고 생각한다. 덕분에 아이들은 대화의 끈을 놓지 않고 비교적 순탄하게 사춘기의 파도를 넘을 수 있었다.

　또래 독서토론의 효과는 여러 가지인데 그중 하나가 부모와의 분명한 관계 개선이다. 이는 부모의 태도가 먼저 달라지기 때문에 가능한 부분이다. 독서토론 중 자녀와 비슷한 또래 친구들이 말하는 내용을 듣다 보면 도통 이해 불가이던 자녀를 이해하는 마음이 저절로 솟아난다. 물론 내 자녀 역시 또래들과 생각을 공유하면서 거울에 비춰보는 느낌으로 자신의 태도와 가치관을 점검하게 된다. 때로는 자녀가 주인공에 빗대어 은근히 자신의 감정을 표출할 때면 얽혀있던 갈등 해결의 힌트를 얻기도 한다.

　일상적 대화는 보통 5분 이상 지속되기 힘들고, 도중에 감정이 격해져 닦달하거나 훈계하는 듯한 분위기로 흐를 때가 많다. 그러나 자녀가 최근에 무엇에 관심이 생겼는지, 어떤 말에 은근히 상처를 받는지, 자기감정과 생각을 표현한다면 사춘기 걱정은 떨쳐내도 될 것이다. 다행인 점은 독서토론을 도구 삼아 이런 대화가 가능하다는 사실이다. 책을 읽고 생각을 나눈다는 것 자체로 부모와 자녀는 동등한 독자의 입장이 된다. 따라서 대화의 주도권도 고르게 갖는다. 또 부모도 무조건 가르치는 말투 대신 인물의 감정선을 따라가며 우회적으로 의도를 전달할 수 있어 유용하다.

2) 든든한 자녀교육 동지

또래끼리 독서토론을 진행하면 자연스럽게 부모들끼리 교류도 늘어나기 마련이다. 비슷한 나이의 또래를 키우면서 자녀교육에 관한 많고 많은 고민을 나눌 든든한 동지가 생기는 것이다. 우리는 수많은 고민을 나누는 것에만 그치지 않고 다양한 체험활동을 구상했다. 이것도 여럿이 모이니 가능한 일이었다. 특히 아이들의 방학마다 하루하루를 학원과 핸드폰으로만 채워지지 않도록 작가와의 만남, 역사 탐방, 공연 관람, 심리 상담, 맛집 투어 등을 계획했다. 아이 혼자 하라면 내켜 하지 않을 활동도 또래와 함께하니 큰 거부감 없이 시도하곤 했다.

부모도 아이도 혼자는 외롭다. 한참 사춘기의 터널을 지나고 있는 중학생에게 책 한 권 던져주며 읽으라고 하면 어느 중학생이 고분고분 읽겠는가? 또 아무리 평소 흠모하던 작가라 해도 인터뷰를 시도하는 건 절대 쉽지 않은 일이다. 하지만 또래들과 함께라면 가능하다. 또래 중 하나가 독서토론 도서를 선정하면, 자기 취향이 아닌 장르의 책이더라도 어떻게든 읽어보려는 노력을 보여주었다. 평소 역사에는 무관심하던 아이도 또래와 함께 개항장 역사 탐방을 하고 나더니 본인의 진로인 경제와 접목할 아이디어가 떠올랐다며 만족했다. 작가와의 만남에서도 어른의 개입 없이 아이들끼리 진행하며 질문을 이어갔는데, 이것 역시 또래의 힘이라고 생각한다.

3) 건강한 가치와 정신

어릴 적과 달리 사춘기 이후부터는 부모가 자녀의 인생에 사사건건 개입하거나 짐을 대신 지어주려는 태도는 되도록 버려야만 한다. 어차피 자녀가 성인이 되어갈수록 점차 부모의 조언을 귀담아듣지도 않을뿐더러

설령 조언을 구하고 싶은 순간이 찾아와도 부모가 항상 옆에 있는 것도 아니다. 부모란 언제까지나 건강하게 살 수도 없고, 매번 명민한 판단 대리인이 되어줄 수도 없으니까. 또 앞으로의 세상은 변화의 소용돌이로 마구 휘몰아칠 것인데, 그런 드넓고 변화무쌍한 세상에 맞서 예상치 못한 문제를 해결해야 하는 것은 오로지 자녀의 몫이다. 아무리 부모가 도움을 주고자 해도 어느 순간부터 한계에 부딪힐 것이 분명하다.

그럴 때 바로 내 자녀 옆에는 책이 함께한다. 청소년 시기까지도 늘 책을 가까이한 아이는 자기도 모르는 사이 탄탄한 멘탈과 건전한 가치관으로 충전된다. 그리고 그런 아이들은 인생의 중요한 결정과 난관 앞에서 흔들리지 않고 자기 길을 찾아갈 수 있다. 그것이 바로 책의 힘이다. 책을 읽으면 자신과 타인에 대해 생각하게 되고, 세상의 이치에 대해 사유하게 되기 때문이다. 특히 요즈음처럼 젊은 세대들이 미래의 불안을 염려하는 시기일수록 흔들리지 않는 멘탈과 가치관은 무엇보다도 소중하다. 손에서 책을 놓지만 말자는 생각으로 5년간 채운 독서토론의 기록들이 사실은 자녀의 앞날을 지켜줄 위대한 유산임을 확인하게 된다.

※ 도보관광해설 소개: 인천광역시 중구 홈페이지에서 신청 가능-연중 (10~17시, 월요일 휴무), 최소 10인 이상, 무료
※ 독서 문화 플랫폼 책씨앗 : 다양한 독서 활동을 지원하는 플랫폼. 이곳을 통하여 작가와의 만남을 신청할 수 있음

사춘기 책 한 걸음(독서토론의 실제)

level 1	독서토론, 시작하기 막막하다면
흥미도 ☐☐☐☐ 이해도 ☐☐☐☐ 주도성 ☐☐☐☐	• 시작은 하고 싶은데 막막하다. 핸드폰만 보는 아이들에게 책을 읽히기 위해 어떻게 해야 할까? 초보 요리사라도 엄선된 재료라면 분명 평균 이상의 맛을 낼 수 있다. 처음 독서토론을 시작할 때, 검증된 작품으로 시작해 보라. 오랫동안 인정받은 책, 고전 명작이라 불리는 책이 답이다.
level 2	**사춘기 취향저격 책 한 걸음**
흥미도 ■☐☐☐ 이해도 ■☐☐☐ 주도성 ■☐☐☐	• 엄마만 열심히 준비한 독서토론, 자녀는 시큰둥! 복날 땀 흘리며 열심히 만든 삼계탕도 몸에 좋은 음식이지만, 아이는 치킨이 더 좋단다. 같은 재료지만, 자녀의 취향에 맞는 음식에 더 끌린다. 그러니 자녀의 취향을 저격할 책을 던져주라.
level 3	**학교공부 따라잡는 일석이조 책 한 걸음**
흥미도 ■■☐☐ 이해도 ■■☐☐ 주도성 ■■☐☐	• 바쁜 중학생, 책 읽을 시간이 없단다. 공부하랴, 시험보랴 바쁘다며 책 읽기를 밀어낸다. 다른 음식이 맛있다며 밀어낸 채소. 그 속에 필수 영양소가 들어 있다. 바쁘다며 미룬 책 읽기, 바로 그 책 읽기가 공부다.
level 4	**대화와 소통으로 이어주는 책 한 걸음**
흥미도 ■■■☐ 이해도 ■■■☐ 주도성 ■■■☐	• 사춘기 자녀, 입도 닫고 방문도 닫는다. 닫혔던 방문이 열리는 비결, 삼겹살. 지글지글 삼겹살 냄새에 자신도 모르게 식탁에 앉게 된다. 자기 마음을 잘 이야기하지 않는 사춘기 자녀, 책을 통해 자신도 모르게 대화를 시작한다.
level 5	**스스로 성장하는 책 한 걸음**
흥미도 ■■■■ 이해도 ■■■■ 주도성 ■■■■	• 독서토론, 우리가 하는 게 더 재미있어! 재료 선정에서 매운 단계까지 스스로 선정하고 내가 좋아하는 스타일로 요리할 때 가장 맛있다. 책 선정부터 독서토론 활동까지 스스로 준비하고 활동할 때 책 읽기가 가장 맛있다.

독서토론,
시작하기
막막하다면

"독서토론을 할 때 어떤 책을 선정하면 좋을까?"
시작은 하고 싶은데, 막막하다.
독서토론을 시작하려 마음먹고 나면 가장 먼저 드는 고민이 책 선정이다.
독서토론 초보자는 인문, 고전, 철학, 역사, 세계 문학과 같이
많은 사람들에게 오랜 시간 동안 인정받은 책을 선정하는 것이 좋다.
그 중 아이들이 익숙하게 들어볼 만한 유명한 책을 우선 선정하자.
좋은 책이고 유명하지만, 아이들이 선뜻 읽지 않는 그런 책을 함께 읽어보자.
누구나 인정하는 좋은 책은 독서토론이 서툴지라도
충분히 가치 있는 활동을 하게 해준다.

어린왕자

01 독서토론 어떤 책을 고를까?

마음으로 보아야 볼 수 있는 세상이 있다는 것은 지금 현재 내가 보고 있는 것이 전부가 아니기에 절망하지 않아도 되는 이유가 된다. 황금색 밀밭을 보며 어린 왕자를 떠올린 여우처럼 일상의 작은 흔적들 속에서 나에게 소중한 그 누군가를 떠올리는 것은 행복한 일이다. 생텍쥐베리가 어린왕자를 통해 전하는 따스한 마음은 지금 오늘날 우리의 삶에도 감동을 전한다.

독서토론 미리보기

핵심 단어 스토리 기차
내 별의 바오밥나무 찾기
감동 문구 소개하기
단어 길들이기(의미 재정의)

핵심 단어 스토리 기차

『어린왕자』에는 다양한 장소와 인물들이 등장한다. 그리고 그들과 관련된 사건이 일어난다. 조금은 복잡해 보이는 어린왕자 이야기를 잘 이해하기 위해 '핵심 단어로 만드는 스토리 기차' 활동을 하였다.

① 어린 왕자에서 중요하게 생각되는 핵심 단어 5개를 선정하여 포스트잇에 하나씩 쓴다. 내가 선정한 핵심 단어가 다른 사람의 것과 겹치더라도 하나의 단어에 따른 스토리는 다양하기 때문에 크게 상관이 없다.

② 각자 돌아가며 포스트잇을 내려놓고 핵심 단어와 관련된 줄거리(내용)를 말한다.

● 예시 ●

여우
어린왕자에게 길들이는 법을 가르쳐주었다.

비행기
주인공은 비행기 고장으로 사막에 떨어졌다.

장미꽃
어린왕자의 작은 별에는 소중한 장미꽃 한 송이가 있었다.

③ 포스트잇은 내용 순서에 맞게 한 줄로 기차처럼 늘여서 내려놓는다.

④ 다섯 장의 포스트잇을 모두 다 내려놓을 때까지 활동을 진행한다.

스토리 기차 만들기 활동을 하다 보면 내가 쓴 핵심 단어를 다른 사람이 먼저 내려놓은 경우가 있다. 그럴 때는 그 핵심 단어와 관련된 다른 스토리로 변경할 수 있다. 똑같은 '어린왕자'라는 핵심 단어에도 '어린왕자가 지구에 왔다' '어린왕자가 첫 번째 별에서 왕을 만났다'와 같이 다양한 스토리가 가능하다.

또한 스토리를 이어가는 데 꼭 필요한 핵심 단어가 없는 경우 자신의 순서가 되었을 때 핵심 단어를 변경하여 내려놓을 수 있다. 우리는 어린 왕자가 자신의 별로 돌아가는 데 결정적 역할을 한 '노란 뱀'이 없어서 변경하였다.

내 별의 바오밥나무 찾기

　어린 왕자가 들려준 바오밥나무 이야기는 무척이나 인상적이다. 바오밥나무도 처음에는 다른 식물들처럼 조그맣게 자라기 시작하지만, 어느 순간 별 전체를 뒤덮고, 그 뿌리가 별에 구멍을 뚫어 결국 작은 별을 산산조각나게 한다고 하였다. 그래서 아침마다 습관처럼 별을 돌아 보고 장미와 구별되는 즉시 바오밥나무를 뿌리째 뽑아 버려야 한다고 하였다.

그림 자세히 살펴보기
자녀들과 함께 책에 있는 그림을 살펴본다. 게으름뱅이가 무심히 내버려 둔 작은 나무 세 그루가 이런 모습이 되었다. 그림을 보고 어떤 생각이 드는가?

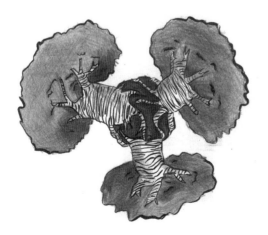

소희: 바오밥나무가 너무 거대해서 별을 완전히 뒤덮었다. 별이 위태로워 보인다.

수현: 바오밥나무를 뽑는 무심히 뒤로 미뤄둔 것 같은데 결과가 재앙이 되었다.

재율: 뿌리가 별을 파고들어 금방이라도 별이 깨질 것 같다.

동진: 나무 위에 도끼를 든 사람이 보이는데 사람도 도끼도 너무 작아보인다. 절대 나무를 벨 수 없을 것 같다.

바오밥나무가 의미하는 것 찾기

바오밥나무를 그리던 비행사는 '어린이들이여, 바오밥나무를 조심하라!" 라고 말할 수밖에 없었다고 한다. 멀리 어린 왕자의 작은 별에 있는 바오밥나무를 우리 땅에 어린이들 머릿속에 꼭 박히도록 경각심을 주고자 했다면 이 바오밥나무는 이 땅을 사는 우리와도 관련이 있는 것이다.

작은 별이 우리 자신이라고 생각하면 별을 뒤덮었던 바오밥나무는 무엇을 의미하는가? 자신을 뒤덮어버리고 결국에는 나를 산산조각 낼 것만 같은 것은 바오밥나무의 의미에 대해 함께 토의하였다. 그 결과 바오밥나무가 의미하는 것은 두려움, 걱정, 나쁜 습관, 게으름 같은 여러 가지 의견이 나왔다.

내 별의 바오밥나무 찾아내기

바오밥나무가 별을 뒤덮은 것을 막으려면 규칙적으로 별을 살펴보고 바오밥나무가 장미와 구별되는 즉시 뽑아내야 한다. 그렇다면 내 별에는 지금 바보밥나무 싹이 나고 있지는 않은가? 내 별을 살펴보고 내 별에 있는 바오밥나무를 찾아본다.

동진: 한 가지 일을 정해진 시간 안에 끝내지 못해
서 시간 관리에 실패한다.

은하: 나의 바오밥나무는 단 것들을 많이 찾는 것
이다. 단 것을 끊기가 매우 힘들다. 오래전
부터 나도 눈치채지 못하게 내 안에 단것을
먹는 습관이 자리 잡혔기 때문이다.

소희: 나의 나쁜 습관은 손톱 뜯기이다. 지금 생
각에는 별로 대단한 습관 같지 않은데 이것
도 나중이 되면 바오밥나무가 될 수 있을
것 같다.

수현: 나는 아침에 머리를 감고 나서 바로 말리지
않고 밥 먹고, 옷 입고 나서 나중에 말린다.
그런데 이렇게 젖은 머리로 오래 있으면 나
중에 탈모가 생긴다고 한다. 젖은 머리가 탈
모의 원인이 된다면 늦게 머리를 말리는 내
습관은 내 별의 바오밥나무인가 보다.

감동 문구 소개하기

『어린왕자』가 소중한 책으로 오랫동안 사랑받은
이유 중 하나는 그 속에 담긴 감동적인 문구 때문일
것이다. 마음이 간질간질해지고 뭔가 따뜻함을 주는
문구들이 책의 이곳저곳에서 우리를 기다리고 있다.

『어린왕자』를 읽으면서 자신이 가장 감동적이라고
생각한 문구를 적은 후 친구에게 소개하도록 한다.

재율: '사막이 아름다운 건 어디엔가 우물이 숨어있기 때문이야'라는 문구가 감동적이었다. 힘들 때 희망이 될 것 같다.

동진: '보이는 건 껍데기에 지나지 않아. 가장 중요한 것은 눈에 보이지 않아'. 나에게 가장 중요한 것이 무엇인지 생각해보게 한다.

소희: '오후 4시에 네가 온다면 나는 3시부터 행복해지기 시작할 거야.' 나에게 소중한 누군가를 기다리면 나도 행복할 것 같다.

은하: '네가 나를 길들인다면 나는 너에게 이 세상에 오직 하나밖에 없는 존재가 될 거야.' 라는 문구가 기억에 남는다.

단어 길들이기(의미 재정의)

어린왕자에 등장하는 여우를 기억하는가? 여우는 함께 놀자는 어린왕자에게 자신은 길들여지지 않은 여우라 함께 놀 수 없다고 하였다.

"길들여진다는 건 무슨 뜻이지?"

어린왕자의 질문은 어린아이처럼 순수하다. 하지만 그에 답하는 여우는 대답은 어른들도 공감할 수밖에 없는 설득력과 감동이 있다.

국어사전에서 '길들여지다'의 동사 원형인 '길들이다'를 찾아보면 '어떤 일에 익숙하게 하다'라고 기록되어 있다. 이 간단한 의미가 어린왕자에서는 어떻게 이런 감동을 줄 수 있을까? 그건 작가가 이 단어에 시간을 들였기 때문일 것이다. '길들여지다'라는 단어를 길들인 것이다. 그래서 어린왕자 책에 나오는 '길들여지다'는 세상의 어떤 '길들이다'와 다른 유일한 존재가 된 것이다.

작가처럼 우리도 '길들여지다'라는 단어를 시간을 들여 그 의미를 다시 정의해보자.

> 소희: '길들여지다'는 서로에게 소중한 존재가 되어주는 거라고 생각한다. 절친과 함께 얘기하고 노는 시간이 좋은데 그 시간이 있어서 서로 더 소중한 존재가 된 것 같다.
>
> 동진: 여우는 길들이는 것은 단조로운 생활을 환하게 비쳐주는 것이라고 했다. 밀이 금색이니까 어린왕자가 생각나게 되고 그래서 밀밭 사이를 지나가는 바람소리도 사랑하게 된다고. '길들이다'는 평범한 생활을 행복하게 만드는 비법인 것 같다. 내가 좋아하는 뮤지션의 음악을 듣고 있으면 그날 짜증났던 일도 나름 괜찮아지는 것 같다.
>
> 은하: 평소 자주 사용하는 일기장이 있다. 거기에 내 생각도 쓰고 고민도 쓰곤 하는데 여우의 말처럼 시간을 들여 같이 있다보니 소중한 친구 같다는 생각이 든다. 그래서 '길들여진다'는 말의 의미는 오랜 시간 함께 하는 거라고 생각한다.

어린왕자의 시선으로 보기

이 그림은 무엇으로 보이는가? 주인공이 어린 시절 그린 이 그림을 어른들은 모두 모자라고 했지만 사실 코끼리를 삼켜서 소화하는 보아뱀을 그린 것이다. 얼핏 보면 모자처럼 보일 수 있지만, 시간을 들여 마음으로 보면 보아뱀이 보일 것이다.

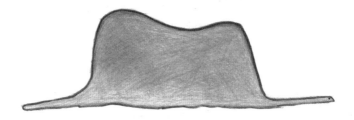

그렇다면 다음 그림은 무엇으로 보이는가? 시간을 가지고 마음을 들여 바라보자.

여섯 개의 별에서 만난 어른들의 모습 살펴보기

어린왕자는 지구로 오기 전 여섯 개의 별에 들렀다. 첫 번째 별의 왕부터 여섯 번째 별의 지리학자까지 어린 왕자는 그곳의 어른들을 만나며 '어른들은 정말 이상해' 라고 생각한다.

어린왕자가 만난 여섯 개의 별에 사는 어른들의 모습에 대해 토의해본다. 그중 누가 가장 이상하게 보이는지도 이야기해 보자.

〈여섯 개의 별에서 만난 어른들〉

첫 번째 별	두 번째 별	세 번째 별
왕	허영심에 빠진 사람	술꾼
네 번째 별	**다섯 번째 별**	**여섯 번째 별**
사업가	가로등을 켜는 사람	지리학자

나의 라임오렌지나무

02 다양한 등장인물 살펴보기

다섯 살 제재의 상상의 세계는 아주 특별하다. 그 속에는 신나는 모험이 있고 멋진 친구 밍기뉴도 있다. 그러나 현실 속 제재의 삶은 그리 녹록하지 않다. 그런 제재에게 삶의 따스함을 가르쳐준 사람이 바로 '뽀루뚜가'이다. '뽀루뚜가'는 제재에게 친구가 되어주었고 환한 빛이 되어주었다.
'뽀루뚜가'의 죽음은 제재의 삶을 통째로 바꿔버릴 만큼 큰 사건이었다. 그 아픔으로 인해 누구보다 순수했던 다섯 살 제재는 너무 일찍 철이 들어버렸다.

독서토론 미리보기

인물 관계도 만들기
어린이 지수 & 어른 지수 측정하기
지금 나의 모습 돌아보기

『나의 라임오렌지나무』를 읽은 아이들이 가장 먼저 하는 말은 '도대체 무슨 말인지 모르겠어요'였다. 상상의 세계 속에서 친구와 함께 뛰어노는 제재를 이해하기에는 우리의 자녀들이 벌써 어른들의 삶에 익숙해져 버린 게 아닐까 하는 안타까운 마음이 든다.

인물 관계도 만들기

『나의 라임오렌지나무』는 제재를 중심으로 다양한 등장인물이 등장한다. 그리고 제재와 등장인물 간의 사건들이 모여 글의 줄거리를 이끌어간다. 이러한 책의 특성을 고려하여 인물 관계도를 만들어보고자 한다. 인물 관계도는 다양한 특징을 가진 인물들이 주인공에게 영향을 주며 이야기의 흐름을 만들어가는『나의 라임오렌지나무』와 같은 책에서 그 내용을 이해하는데 유용한 방법이다.

인물 관계도를 만들 때는 '허니컴보드'라는 교구를 사용하였다. '허니컴보드'는 육각형의 자석 화이트보드로 자신의 의견을 적어 관련된 생각끼리 칠판에 이어 붙일 수 있는 교구이다. 쉽게 지웠다 쓸 수 있고, 간편하게 칠판에 붙일 수 있어 인물관계도 만들기에 적합하다.

책에 등장하는 인물들을 함께 찾아본다. 등장인물들을 칠판 한쪽에 기록하여 둔다.

> 제재, 밍기뉴, 뽀루뚜까, 에드문두 아저씨, 루이스,
> 글로리아 누나, 또또까 형, 잔디라 누나, 아빠, 망가라치바,

자신이 조사할 인물을 선택하고 허니컴보드 두 장에 각각 인물의 이름과 그 인물의 특징을 나타내는 상징적인 단어를 쓴다. 예를 들어 조사할 인물로 '밍기뉴'를 선택했다면 그 특징으로 '위로'를 적을 수 있다. 제재가 힘들거나 슬플 때 밍기뉴는 위로가 되어주었으니까. 책 속에서 자신만의 이유를 찾았다면 그것을 상징적인 단어로 선택하면 된다.

큰 칠판에 허니컴 보드를 붙여가며 인물관계도를 완성한다. 허니컴 보드를 붙이면서 자신이 선택한 인물에 대해 설명한다.

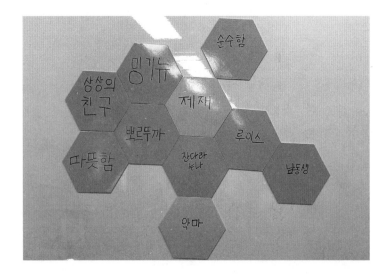

은하: 밍기뉴는 제재의 친구이다. 상상 속에서 제재는 밍기뉴와 함께 신나게 놀기도 하고, 때로는 위로를 받기도 한다.

수현: 루이스는 제재의 남동생이다. 아무도 이해해주지 않는 제재의 상상의 세계가 루이스에게는 가장 재미있는 세상이다.

재율: 잔다라 누나는 제재를 악마라고 불렀다. 잔다라 누나는 제재를 엄청 싫어하는 것 같다. 그래도 악마는 너무했다.

소희: 뽀루뚜가는 제재를 진심으로 이해해주고 따뜻하게 감싸준 사람이다.

인물	상징 단어	설명
에두문두 아저씨	괴짜, 달빛	에드문두 아저씨는 제재의 특별함을 칭찬해준 사람이다. 제재가 글을 읽을 수 있다는 말을 믿어주고, 글을 읽었을 때 달빛(망아지 장난감)을 사 주었다.
글로리아 누나	천사, 피난처	글로리아 누나는 집에서 유일하게 제재의 피난처가 되어 주었다.
또또까 형	진짜 형	또또까 형은 제재를 구박하거나 화를 낼 때도 있지만 꼭 필요한 순간에는 제재를 챙긴다.

어린이 지수 & 어른 지수 측정하기

상상의 친구 밍기뉴와 함께 뛰어놀던 제재의 순수함이 우리 안에 있는 가? 뽀르뚜가를 잃어버린 제재처럼 어느새 너무 어른이 되어 버린 건 아 닌가? '어린이 지수'와 '어른 지수'를 만들어 우리의 모습이 어떠한지 측정 해보자.

'어린이 지수'와 '어른 지수'는 설문지를 만들어 측정하였다. 어린이다움, 어른다움과 같은 추상적인 개념은 실제로 이야기를 나눌 때 자녀들이 말 을 꺼내기가 어려운 주제이다. 하지만 추상적인 개념을 실제적인 숫자로 변환할 때 자녀들은 그 수에 대한 설명으로부터 자연스럽게 토론을 시작 할 수 있다.

설문 문항 만들기

'어린이 지수'와 '어른 지수'를 측정할 수 있는 설문 문항 만들기는 이 활 동에서 가장 중요한 핵심이다. 자녀들이 직접 문항을 고민하고 선정하는 과정을 통해서 어린이다움과 어른스러운 이라는 말의 의미를 깊이 있게 생각할 수 있다.

'이런 행동을 하면 어린이다', '이런 행동을 하면 어른이다'라는 관점에서 그 행동을 나타내는 문항을 만들도록 한다. 최대한 자유로운 분위기에서 여러 의견을 모은 후 다수결에 의해 4~5개 문항을 선정한다. 선정된 문항 은 칠판에 정리하여 자녀들이 잘 볼 수 있도록 한다.

아래의 설문지 문항은 실제로 저자들과 아이들이 함께 토론해서 선정한 것들이다.

'어린아이 지수'와 '어른 지수' 측정하기

설문 문항이 선정되면 이를 바탕으로 나의 '어린아이 지수'와 '어른 지수를'를 측정하기 위한 설문지를 만든다.

보통 설문지는 활동 전에 준비하는 경우가 많지만 본 활동은 설문 문항을 직접 만들어가는 과정이 중요하기 때문에 사전에 설문지를 만드는 것은 불가능하다. 이에 '어린이 지수'와 '어른 지수'를 측정하는 설문지는 설문 문항과 기준점수를 A4 용지에 간단한 형식으로 적는 방식으로 자녀들이 직접 만들게 하였다.

먼저 A4 용지에 선정된 문항을 적는다. 그리고 아래의 기준점수를 바탕으로 나의 점수를 측정해보자. 각 문항 옆에 나의 점수를 적고 이후 합계를 계산한다.

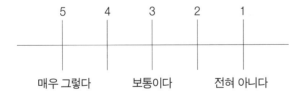

설문지

〈어린이 지수〉

1. 상황을 판단하는 능력이 허술하다. ( )
2. 부모님께 많이 의존한다. ( )
3. 상상의 세계가 존재한다. ( )
4. 순수함이 있다. ( )

합계 : /20

〈어른 지수〉 ( )

나보다 다른 사람을 이해, 배려할 수 있다. ( )

삶의 슬픔을 겪어 보았다. ( )

감정을 절제할 수 있다. ( )

동심. 어린시절, 순수함을 그리워한다. ( )

부모님께 미안함을 느낀다. ( )

합계 : /25

설문지

〈어린아이 지수〉

1. 상황을 판단하는 능력이 서툴르다.   2
2. 부모님께 많이 의존한다.   1
3. 상상의 세계가 존재한다.   5.
4. 순수함이 있다.   2

합계 : 10

〈어른 지수〉

1. 나보다 다른 사람을 이해·배려할 수 있다.   3
2. 삶의 슬픔을 겪어보았다.   4
3. 감정을 절제할 수 있다.   3
4. 동심·어린시절·순수함을 그리워한다.   2
5. 부모님께 미안함을 느낀다.   3

합계 : 14

설문지

〈어린아이 지수〉

1. 상황을 판단 하는 능력이 서투르다.   (1)
2. 부모님께 많이 의존한다.   (3)
3. 상상의 세계가 있다.   (1)
4. 순수함이 있다.   (1)

합계 (6)

〈어른 지수〉

1. 다른 사람을 배려 할수 있다.   (3)
2. 삶의 슬픔을 겪어 보았다.   (5)
3. 감정을 절제 할수 있다.   (3)
4. 동심을 그리워 한다.   (3)
5. 부모님께 미안함을 느낀다.   (1)

합계 (16)

지금 나의 모습 돌아보기

지금 나의 모습은 어떠한가? 나에게는 얼마나 어린이다운 모습이 있는지, 또 얼마나 어른의 모습이 있는지 설문 결과를 바탕으로 생각해보자..

각 문항별 점수 중 특별히 높거나 낮은 점수가 있는지 살펴보고 그 이유를 생각해본다.

모두 '매우 그렇다'를 선택했을 경우의 점수를 총점으로 두고 내 점수의 합계를 비교하여 본다. 예를 들어 '어린이 지수'는 전체 총점에 20점이다. 이에 비해 내 점수의 합계가 7점이라면 나는 어린아이다운 모습이 거의 없다는 뜻이다. '어른 지수'의 경우 전체 총점이 25점인데 내 합계가 20점이라면 나는 어른의 모습이 많다는 뜻이다. 왜 이런 점수가 나왔을지도 곰곰이 생각해보아야 한다.

설문 결과를 통하여 자신의 모습을 돌아봤다면 자신의 이야기를 구성원들과 함께 나누며 자기 성찰의 시간을 갖는다.

함께 하면 좋은
〈나의 라임오렌지나무〉 독서토론 활동 질문

① 제재의 짓궂은 장난들을 찾아보고 제재의 행동이 대해 제재의 입장에서, 주변 어른의 입장에서 토의해보자.
- 제재의 역대급 장난 3가지!
- 제재의 생각에 대한 나의 입장 발표

② 우리의 어린 시절을 돌아보며 몇 살쯤 옳고 그름을 구별하여 행동할 수 있을지 토의해보자. 이 과정에서 나도 어린 시절 제재와 같은 행동을 한 경험은 없는지 돌아보자.

③ 현재 나의 내면은 어린이와 어른 그 사이 어디쯤 서 있을까?

④ 나도 '뽀루뚜가'처럼 나를 진정으로 이해해주는 대상이 있는가?

⑤ 책의 내용을 고려하여 한 줄 평을 완성해 보자.

『나의 라임오렌지나무』는

_____ 책이다.

#고전 문학 #모험 #타인 이해 #온라인 #부모 주도

해저 2만 리

03 질문할 줄 아는 독서

『해저 2만 리』는 『80일간의 세계 일주』로 더 많이 알려진 프랑스 작가 쥘 베른의 대표적 과학소설이다. 『지구에서 달까지』라는 작가의 또 다른 과학소설을 읽고 매료되었는데, 『해저 2만 리』는 과학소설 이상의 가치가 있는 작품이라 꼭 독서토론을 해보고 싶었다.

『해저 2만 리』는 인간을 증오하면서도 동료에 대한 각별한 인간애를 보여주는 네모 함장과 자연사 박물관의 아로낙스 교수가 매우 특별한 잠수함 '노틸러스호'에서 신비한 바다 밑 탐험을 하며 겪는 이야기이다.

과학소설이지만 인간의 다양한 특성을 접할 수 있고, 이해할 수 없는 것을 이해해보는 경험까지 선사하는 작품이다.

독서토론 미리보기

등장인물 소개 눈치게임
일곱 개의 제시어로 질문 만들기

등장인물 소개 눈치 게임

작품에 등장하는 인물을 파악하기는 매우 중요한 활동이다. 다만 작품이 길고 난해할수록 등장인물을 한 마디로 평가하거나 소개하기가 꽤 어렵게 느껴진다. 그래서 이번 활동에서는 게임의 형식을 빌려봤다. 이름하여 등장인물 소개 눈치게임.

> # (해) (저) (2) (만) (리) 중 눈치게임 하듯 하나씩 고르세요.
> 각 카드 뒷면의 등장인물을 소개해 봅시다.

해	저	2	만	리
노틸러스호	네모 함장	조수 콩세유	아로낙스 교수	네드랜드

우선 참여자 수에 맞게 등장인물을 선정했다. 당시 추린 등장인물은 위와 같다. 참여자 수에 맞추기 위해서 사람은 아니지만, 그 특성을 정리해보면 작품 이해에 도움이 될 만한 것들도 포함했다.

등장인물을 눈치게임 하듯이 하나씩 선택하면 된다. 온라인상이라서 서로의 표정을 읽으며 타이밍을 잡느라 웃음이 터져 나왔다. 자신이 뽑은 카드의 인물을 소개하며 간략한 인물 평가를 곁들였다. 이 과정에서 성향이 비슷한 참여자들끼리는 자연스럽게 보충 설명을

덧붙이기도 했다.

이런 방식으로 돌아가며 인물 소개를 하다 보니 우연히 하나의 지점에서 의문이 생겨났다. 바로 '콩세유'라는 인물은 성격적 특징도 불분명하고 소설 속 인물로는 개성도 부족하다는 점이었다. 그런데도 작가가 콩세유와 같은 평범한 인물을 작품에 넣은 까닭은 무엇일까? 그래서 즉석에서 꼬리 질문으로 던져보았다.

Q 콩세유와 같은 평범함 인물이 작품 속에 등장하는 이유는 뭘까?

> 재율: 네모 함장과 아로낙스 교수 모두 강한 캐릭터인 것 같다. 따라서 이야기가 순조롭게 흘러가려면 콩세유 같은 무난한 인물도 필요하지 않을까요?
> 동진: 콩세유 같은 인물은 현실에서 자주 만날 수 있는 인물이다. 쥘 베른이 만약 특이한 인물만 등장시켰다면 되려 개연성이 떨어졌을 것 같다.

소설은 개성 있는 인간 군상을 다양하게 다루기 마련이다. 우리는 각양각색의 인간에 대해 폭넓은 간접 경험을 하게 된다. 이것이 훌륭한 문학 작품을 쉬지 않고 읽어야 하는 이유다.

일곱 개의 제시어로 질문 만들기

앞서 인물에 관해 탐구해보았으니 이번에는 내용 파악 정도를 한눈에 알아볼 수 있는 활동을 이어갔다. 먼저 토론자들에게 『해저 2만 리』와 관련 있는 일곱 개의 제시어를 준다. 제시어 중 1개 이상을 골라 작품 내용과 관련된 질문을 만들어보는 활동이다.

작품을 전체적으로 파악하고 있어야만 가능한 활동인 동시에 몇 개의 제시어를 제공함으로써 질문 만들기의 막연함을 줄여주는 장점이 있다.

 # 일곱 개의 제시어

복수, 육지, 해저, 자유, 두려움, 탐험, 잠수함

소희: (복수) 복수를 위해 남을 죽이는 행동은 과연 옳은가?

재율: (육지&해저) 네모 함장은 자신의 복수심을 어떤 방식으로 해결해 깊은 해저를 벗어나 육지로 올라갈 수 있을까?

은하: (자유&탐험) 내가 만약 아로낙스 교수라면 자유를 택할까? 탐험을 택할까?

수현: (두려움) 콩세유와 아로낙스 교수에게 있어 잠수함 여행의 두려운 정도는 얼만큼일까?

동진: (잠수함&탐험&복수) 네모 함장에게 잠수함이란 과연 탐험이었을까? 아니면 복수심이었을까?

사춘기 나이의 자녀들이 고전 작품에 몰두하면서 순식간에 이런 근사한 질문을 만들어낼 때마다 대견함과 뿌듯함이 솟아오른다. 덕분에 일과 살림을 동시에 해내야 하는 바쁜 일상에서도 이 동아리를 지속하게 해주는 힘을 얻는다.

작품에 비추어 '나' 바라보기

  프랑스 작가 다니엘 페낙의 『소설처럼』에는 독자의 10가지 권리가 소개되어 있다. 그가 주장한 독자의 권리 중 첫째는 '책을 읽지 않을 권리'이다. 아이들은 물론 어른들 역시 아주 마음에 드는 권리이다. 마지막 권리는 '읽고 나서 아무 말도 하지 않을 권리'이다. 독서토론은 읽고 나서 이런저런 자기 생각과 느낌을 여럿이 나눠야 하므로 마지막 권리를 상당히 침해하는 것처럼 느껴질 수 있다.

  하지만 마지막 권리에 대한 부분은 문장 그대로 받아들이는 대신 다르게 풀이하는 것이 옳다고 본다. 단순히 작품의 줄거리를 기억하기보다는 독자 자신을 문학작품에 비추어 스스로에 대해 새롭게 바라보는 과정을 더 권하는 것이라고 해석했다. 문학작품을 읽는 것에 머물기보다는 작품이 내 삶 속으로 들어오게 하는 것이 가장 중요하기 때문이다. 책에 관해 묻지 말라는 것이 아니라 자기 내면과 대화하는 것이 먼저라는 의미가 아닐까.

  그래서 독서토론 활동을 구성할 때 되도록이면 작품과 나 자신을 연결하기, 작품에 삶을 비춰보기, 작품과 사회 모습 비교하기 중 하나가 포함되게 계획하는 편이다. 그저 작품의 줄거리에만 집중하거나 단순히 등장인물을 파악하기만 하는 것은 다소 아쉬운 경우가 많기 때문이다. 작품과 나 자신을 연결하기의 경우, 작품이 나의 삶으로 들어오게 허락할수록 그 작품과 나의 관계는 더욱 긴밀해지고, 나아가 나에게 힘을 준다. 이 작품도 전체적 줄거리는 '모험'을 다루지만 '인간 이해'에 초점을 맞춰보고자 이와 같은 마무리 질문을 했다.

Q 평소 나에게도 네모 함장과 비슷한 면이 있나요?

재울: 나는 한 번 화가 나면 엄청나게 급발진하는 경우가 있다.

동진: 무엇인가에 매료되면 모험과 몰입을 멈추지 않는다.

소희: 호기심이 많다는 점에서는 비슷한 것 같다.

수현&은하: 눈 씻고 찾아봐도 비슷한 점이 없다.

서기: 마음속 깊은 곳에는 복수심과 증오심을 지니고 있다는 것이 비슷
하다. 하지만 겉으로는 잘 드러내지 않는다는 점에서 네모 함장이
무척 이해되고 안쓰러웠다.

문학작품일수록 재미있게 읽고 나면 그 자체로 소임을 다한 것 같고, 기분 좋은 충만감이 나를 가득 채운다. 하지만, 바로 이때 나 자신을 향해 질문해 보자.

'등장인물 아무개와 나는 어떤 연관성이 있는가?', '주인공의 선택에 대해 어떻게 생각하는가? 과연 나라면?', '작가가 쓴 결말은 과연 받아들여지는가? 내가 주인공이라면 어떤 결말을 원하는가?'

이러한 질문을 떠올리고 엉성하게나마 답을 찾다 보면 작품과 나 자신이 연결되어 있다는 느낌이 든다. 그저 유쾌하고 감동적인 소설 한 편이 아니라, 진정으로 나를 들여다볼 수 있는 도구가 되는 순간이다.

작품에 삶을 비춰보기 역시 의미 있는 활동이다. 특히 시대상을 알 수 있는 고전작품은 나와 인물의 성격을 비교해보는 것만으로는 부족하다. 구석구석 녹아 있는 작품 속 시대의 흔적들을 현재의 우리와 견주어보는

재미가 쏠쏠하다. 『톰소여의 모험』 속 아이들과 요즘 우리 아이들의 삶은 달라도 너무 다르다. 하지만 어린이에게만 존재하는 순수함과 천진난만한 모습은 여전히 독자에게 낭만과 추억을 선사하지 않는가. 이 작품을 읽고서 '우리들의 어린 시절이란 어떤 모습이어야 하는가?'에 내한 대화를 나눈 적 있다. 삶에 대한 어떠한 주제나 질문에 대해 막연했던 자기 생각을 다져보는 기회로 삼을 수 있다.

토론에 참여하는 자녀들이 청소년기가 되면 작품과 사회 모습 비교하기가 자연스럽게 시작된다. 어릴 때는 눈에 들어오지 않던 사회 현상과 문제점, 여러 부조리함 등이 자신들에게도 직간접적으로 영향을 미치게 되기 때문이다. 따라서 『수레바퀴 아래서』, 『1984』, 『기억전달자』, 『스노우볼』 등의 작품을 함께 읽고 현대 사회의 모습과 작품 속 사회를 비교해보는 활동을 추천한다.

『해저 2만 리』 역시 1860년대에 나온 작품이라고는 믿어지지 않을 만큼 과학적 상상력이 풍부한 작품이었다. 실제로 소설에서 등장하는 몇 가지 장면들은 현재 과학 기술로 구현이 가능한 것들이라서 더욱 놀라웠다. 그뿐 아니라 인간의 세심한 심리 묘사가 뛰어나고, 네모 함장이라는 상처 입은 인물을 통해 평소 이해하기 어려운 사람을 이해해보는 경험을 할 수 있어 더욱 의미 있는 작품이었다.

베니스의 상인

04 인문 고전 맛보기

셰익스피어의 『베니스의 상인』은 재미있고 통쾌하다. 하지만 재미보다도 관용과 자비로움에 대해 대화해보고 싶어 선정했다. 책을 읽다 보니 16세기 유럽의 역사와 당시 사회 모습을 어느 정도 파악할 수 있어 더욱 흥미로운 작품이었다. 이탈리아 베네치아의 상인 안토니오는 친구를 위해 자신의 상선을 담보로 유대인 고리대금업자 샤일록에게 돈을 빌린다. 이어서 악독하기로 소문난 샤일록은 '만약 안토니오가 빌린 돈을 기한 내로 갚지 못할 경우, 안토니오 심장에서 가장 가까운 살 1파운드를 베어낸다'라는 증서를 요구하게 된다. 위험에 처했던 안토니오는 아름다운 여인 포셔의 지혜로 위기에서 벗어나게 되는데⋯⋯.
사건 해결의 긴장되는 순간이 참 매력적이면서 생각할 거리도 넘치는 작품이다.

독서토론 미리보기

5분 스토리 챌린지
샤일록 계약서 다시 쓰기
함께 질문하고 토론하기

5분 스토리 챌린지

5분 스토리 챌린지는 작품의 줄거리가 다소 복잡할 때 아주 유용한 내용 소개 활동 중 하나다. 참여자들이 5분간 돌아가며 작품 줄거리나 소감을 간략하게 발표하는 방식이다. 2가지만 지키자.

첫째, 타이머를 보지 않고 한 번씩 돌아가며 5분간 말하기
둘째, 짧게 얘기한 친구가 있으면 다음 친구가 더 길게 말
해서 5분 맞추기

이 활동은 공동의 목표인 5분 스토리 챌린지를 성공시키기 위해서 모두가 함께 마음을 모아야 한다는 특징이 있다. 독서토론을 시작할 때 어색함을 누그러뜨려 주고 작품의 내용을 상기시켜준다는 점에서 추천하는 활동이다.

샤일록 계약서 다시 쓰기

강렬한 인상의 악역 샤일록은 유대인이다. 실제로 당시 유대인들은 '게토'라고 불리는 제한 지역에서 거주했고, 직업 선택도 자유롭지 못했다. 작품 속 베네치아는 현실에서도 16세기 해상무역의 중심지였고

📝 **내가 바꿔보는 베니스의 상인**

내가 당시의 샤일록이라면 어떤 내용으로 증서를 작성했을까?

돈을 갚지 못하면 빌린 돈의 1000배를 준다.

📝 **내가 바꿔보는 베니스의 상인**

내가 당시의 샤일록이라면 어떤 내용으로 증서를 작성했을까?

안토니오는 00일 00시 00분에 샤일록에게 돈 ☐원을 빌렸고 그 담보로 배를 맡겼으므로 돈을 갚지 못할 시 베니스에서 추방되며 배가 손상되었을 시 빌린 돈의 절반을 갚는다!

— 샤일록

다양한 상인들이 활발하게 오갔던 곳이다. 이 때문에 유대인 상당수는 상업에 꼭 필요함에도 천대받던 고리대금업 분야에 종사하며 생계를 이어가야만 했다.

작품의 시대적 배경을 설명하면서 샤일록이 고리대금업자라는 사실 자체는 문제 삼을 부분이 아니라고 토론자들에게 짚어주었다. 우리가 흔히 떠올리는 영화 속 못된 사채업자와 혼동하면 안 된다는 것을 강조한 것이다. 그저 샤일록이라는 인물의 성격이 고약하다는 점을 함께 확인하고 거기에 집중하기로 했다.

악덕 고리대금업자 샤일록은 안토니오에게 아주 무리한 조건을 건다.

'만약 빌린 돈을 기한 내 갚지 못할 경우, 안토니오 심장에서 가장 가까운 쪽의 살을 1파운드만큼 베어낸다.' 바로 이 부분에서 『베니스의 상인』을 읽는 사람이라면 누구나 샤일록을 작품 속 최대 빌런으로 지목하게 될 것이다. 그래서 우리는 이 가혹한 조건을 바꿔 써보기로 했다.

Q1 만약 내가 샤일록이라면 어떤 조건을 제안했을까?

당시 초5~중2 나이였던 자녀 5명은 모두 한결같이 응징과 처벌의 뜻을 듬뿍 담아 증서를 작성했다. 비록 샤일록처럼 신체에 해를 가하는 내용은 없었지만 주로 고액의 금전적인 보상을 원하거나 영구한 추방 처리, 수치스러운 벌칙 요구, 보복성 미션 수행 등이 담겼다. 모두 함께 각자 작성한 증서 내용을 읽고 다시 질문했다.

Q2 여러분은 평소 자비로운 사람입니까? 생활 속에서 관용과 자비를 실천하고 있나요?

이 두 질문에 다섯 명 모두는 1초도 고민하지 않고 '네'라고 자신 있게 답했다. 그리고 다음 질문을 던지자 얼마간 어색한 침묵이 이어지고 말았다.

Q3 그런데 그 답과 달리 자신이 작성한 증서에는 어째서 보복과 응징의 내용이 담겨있을까요?

작품 속 샤일록은 보기 드물게 탐욕스럽고 무자비한 모습으로 그려진다. 하지만 우리 마음속에도 그와 비슷한 면이 조금씩은 자리 잡고 있음을 확인하는 순간이었다.

'증서를 작성할 때 솔직히 부드러운 포용심보다는 가혹한 응징의 방식이 더 먼저 떠올랐다.'라는 고백이 이어졌다. 이렇게 한목소리 같은 소감만 보더라도 일상에서 관용의 태도를 갖추기는 꽤 어려운 일이다.

그러나 보복은 또 다른 보복을 불러오기 마련이다. 작품 속 재판관으로 위장한 포서의 최종판결이 그 좋은 예이다. 샤일록이 가혹한 응징을 선택한 결과 그는 금전적으로 보상받지도, 증서의 효력을 발휘하지도 못했다. 만약 샤일록이 관용의 아이콘이었다면 셰익스피어의 소설 대신 위인전의 주인공으로 등장하지 않았을까?

이 활동 후에도 여전히 사춘기의 한가운데에 있는 자녀들은 나만 손해 보거나 참아야 하는 상황에 날카롭게 반응했다. 그렇지만 이 활동을 통해 자신을 돌아볼 수 있었다고 입을 모아 말했다. 어른의 훈계가 아니라 문학 작품 속 인물을 통해 너그러운 마음과 관용의 자세에 대해 고민하며 판단 연습을 해 봤다면 그것만으로도 값진 경험일 것이다.

그저 무조건 내 몫 먼저 차지하라고, 피해를 보면 그 이상으로 갚아 주라고 속삭이는 세상이다. 이럴 때일수록 어느 한 사람이 비추는 관용이 세상을 밝힌다.

함께 질문하고 토론하기

같은 작품을 읽어도 각자 떠올리는 질문은 모두 다르다. 이 점이 여럿이 하는 독서토론의 가장 큰 매력이라고 생각한다. 우선 서로 질문을 주고받으면서 다양한 관점을 흡수할 수 있다. 또한 나와 다르게 생각한 상대에게 내 생각을 펼치며 설득하는 과정은 정말 가치 있다.

무엇보다 나의 질문을 더 가다듬기 위해 작품의 주제를 붙잡고 인상 깊은 장면에 계속 집중하는 일은 아이들 스스로를 놀랍게 성장시킨다.

Q1 안토니오는 왜 굳이 샤일록과 계약했을까?

> **은하:** 작가가 재미있게 하려고 그랬을 것 같아요.
> **동진:** 안토니오가 성급하게 판단했기 때문 아닐까?
> **수현&소희:** 바로 앞집이거나 가까운 곳에 샤일록
> 이 있었을 겁니다.
> **재율:** 샤일록에게 기회를 줘보기 위해 선택한 건
> 아니었을까?

Q2 안토니오가 샤일록에서 돈을 빌린 것은 옳은 행동일까?

> 모두: 남에게 돈을 빌려서까지 친구에게 꿔주는 것은 절대 합리적인 결정이 아니다. 그런데도 작가는 소설의 묘미를 위해 이런 설정을 한 것 같다. 만약 언제나 합리적인 행동만 하면 인생의 쓴맛을 알 수 없잖아요?

Q3 계약 사항에 충실했던 샤일록의 행동은 옳은 것일까?

> 수현&동진: 원칙대로 실행하는 것이 옳다. 그렇게 하지 않는다면 계약서는 뭐하러 쓰나요?
>
> 은하&소희: 상황에 따라서 계약의 내용을 일부 변경해도 된다. 애초에 무리한 조건이었기 때문이다.

Q4 샤일록이 가장 비싼 이자를 받는다고 싫어하는 것은 옳을까?

> 모두: 돈을 빌리는 처지인 안토니오의 행동으로는 당연히 옳지 않다.

토론자들은 돈을 빌리는 처지의 안토니오가 예상외로 상당히 고압적인 자세임을 지적하며 의아하게 여겼다. 이 부분은 나중에 기독교와 유대교의 종교 관계에 대해 더 공부하고 나면 이해가 될 것이라 설명했다.

그 외에도 아래와 같은 질문을 놓고 서로의 생각을 나눴다. 본인들이 직접 자기 눈높이에 맞게 찾아낸 참신한 질문이기에 흥미를 잃지 않고 긴 시간 대화할 수 있었다.

'진정한 우정이란?'

'과연 정의로움은 무엇일까?'

'자비의 기준은 어떻게 정할 수 있을까?'

'우리는 어느 수준까지 관용을 베풀어야 할까?'

'안토니오가 고리대금업자였다면 결말이 어떻게 달라졌을까?'

자녀가 친구에게 상처받은 후 옹졸한 복수심에 가득 차 분노하고 있다고 생각해보자. 그 아이에게 '관용을 베풀어 보라'는 조언을 하려면 어떤 식으로 접근하겠는가? 만약 함께 같은 책을 읽었다면 작품 속 인물의 상황을 빌려와 대화를 시도해 볼 수 있다. 특히 일상에서의 문제 상황이 아닌 도덕적 개념이나 가치관에 관한 대화는 부모로서 시작하기도 곤란하고 적당한 소재를 찾기도 어렵다. 그럴 때 부모와 자녀가 함께하는 독서토론이야말로 아주 유용한 연결고리가 되어줄 것이다.

베니스의 상인을 위한 배경지식

작품 속 '게토'의 의미 알아보기

중세 이후 유대인들을 강제 격리한 유대인 거주지역에서 비롯된 말. 주로 특정 인종이나 종족, 종교집단에 대해 외부와 격리해 살도록 한 거주지역을 지칭함.

작품 당시의 유대인에 대한 부정적 인식 확인하기

1596년, 유대인에 대한 반감은 16세기 가장 자유로운 도시국가였던 베네치아에서조차 예외는 아니었다. 법에 따라 유대인들은 낡은 벽으로 둘러싸인 공장이나 '게토' 지역에서 살아야 했으며, 낮에 이 지역을 벗어나려면 붉은 모자를 써서 자신이 유대인임을 알려야 했다. 그들은 부동산을 소유할 수 없어 고리대금업으로 재산을 모을 수밖에 없었다.

베네치아의 지리적 특성을 통해 공간적 배경 파악하기

당시의 베네치아는 S자의 운하가 중심부를 지나가며 주변 지역과 활발하게 무역이 이루어지면서 금융업을 비롯하여 해상무역 번영의 본거지였다.

사춘기
취향저격
책 한 걸음

엄마는 열심인데, 자녀는 시큰둥!
아이들은 부모의 권유로 독서토론에 참여는 하나,
아직 흥미가 생기지 않았다. 참여만으로는 더 이상 발전은 없다.
여기서 자녀들의 흥미를 이끌어낼 수 있는 전략이 필요하다.
흥미도는 높이고, 난이도는 낮추는 것이다.
흥미도를 높이기 위해 청소년 성장소설을 선택하는 것을 추천한다.
청소년 성장소설은 자녀들에게는 본인의 이야기이고,
부모들에게는 그들의 고민을 알 수 있어 좋은 선택지가 되었다.
책이 두꺼워 읽고 이해하는 것이 어렵다면
난이도를 낮추어 부담을 줄여줄 수 있는 그림책을 활용해 보자.

마지막 거인

01 그림책으로 내면 읽기

이태리 볼로냐 도서전 라가치상(1998) 등 다수의 상을 수상한 프랑수아 플라스의 이 책은 긴 설명이 필요없다. 인간의 욕망이 부른 대참사, '침묵을 지킬 수는 없었니?'라는 한마디는 책을 읽은 후 오랫동안 귓가에 맴돌아 큰 여운을 남긴다

독서토론 미리보기

작가의 의도 파악하기
내면화하기
인상 깊은 문장 찾기
소감 공유

작가의 의도 파악하기

늦가을 중간고사를 끝내고 조금 한가해진 틈을 타 독서 토론 일정을 잡았다. 가벼운 마음으로 이 책을 폈다가 신선한 충격을 받은 기억이 있어서, 아이들 독서 토론 내용이 너무 기대됐다.

늘 그렇듯이 근황 토크로 시작해 본격적으로 토론에 들어갔다. 가볍게 주인공의 직업을 묻는 퀴즈로 시작했다.

Q1 이 책의 주인공 '아치볼드 레오폴드 루트모어'의 직업은 둘 중 어느 것인가요?

1) 인류학자[1]   2) 지리학자[2]

Q2 이 글의 주인공인 '아치볼드 레오폴드 루트모어'는 이 책을 왜 썼을까요?

> **소희**: 인간의 사악함과 이기심을 비판하기 위해서요.
>
> **수현**: 본인의 이익만 챙기는 이기주의 사회의 만연을 비판하는 목적으로요.

---

[1] 인류학자-인류와 그 문화의 기원, 특질 따위를 연구하는 사람
[2] 지리학자-지리학을 연구하는 사람. 지리학-지표상에서 일어나는 자연 및 인문 현상을 지역적 관점에서 연구하는 학문

> **동진**: 인간의 **이기심 탐욕**, 자신의 배만 불리며 진정한 가치를 모르는 모습을 비판하기 위해서요.
>
> **재율**: 인간의 욕망과 인정받고 싶은 욕구로 어디까지 일을 망치는지 보여주기 위해서요.
>
> **서기**: 인간의 짧은 생각이 어떤 결과로 번질 수 있는지를 보여주는 이야기입니다.

작가가 이 책을 쓰게 된 이유에 대해서 토론자들은 이기심, 이기주의, 탐욕, 인정 욕구 등 선명한 적개심을 표현했다.

내면화하기

Q 자기 자신이 '침묵하길 잘했다'라고 생각했던 순간이 있었나요?

> **소희**: 친구가 서로 싸우고 있을 때 어느 한쪽을 택하지 않고 침묵하였다.
>
> **동진**: 원래는 말이 많은 편인데, 오히려 침묵 쪽을 선택하니까 주변의 관심이 생겨서 긍정적인 변화였다.
>
> **재율**: 형이 게임을 오래 한 후, 엄마에게 시간을 속여 말했다.
>
> **수현**: 말이 겹치는 것을 안 좋아해서 말이 겹칠 바에는 조용히 있는 쪽을 택한다.

책의 내용을 자신에게 내면화하는 질문으로 '내가 침묵하길 잘했다'라고 느낀 순간을 찾아보았다. 소희는 친구들과의 관계에서 나의 위치를 고민하였다. 동진은 자신의 성향을 되돌아보는 계기가 되었다. 재율은 가족관계에서 형을 위한 침묵을 선택했다. 이 토론이 아니었다면, 아이들의 내면의 소리를 듣지 못햇을 거라고 생각하니 이 시간이 무척 소중하게 느껴졌다.

인상 깊은 문장 찾기

Q 이 책에서 뽑은 기억에 남는 문장은 무엇인가요?

소희&동진&수현: 침묵을 지킬 수는 없었니?
재율: 내가 써낸 책들은 포병연대보다도 더 확실하게 거인들을 살육한 것입니다.

가장 기억에 남는 문장으로 '침묵을 지킬 수는 없었니?'가 압도적으로 우위를 차지했다. 살육이라는 문장을 찾아낸 토론자는 '펜이 칼보다 강하다'는 말의 뜻을 여기에서 확실하게 알게 되었다고 말했다.

소감 공유

Q 이 책을 다 읽은 후 나의 소감은 어땠나요?

소희: 나의 이기심 때문에 남에게 상처를 준 적이 있는지 다시 생각하게 되었다.

동진: 책 자체는 인간의 이기심을 비판하려는 의도이지만, 내가 순간순간 마음 편하려고 이기심을 참지 못한 것 같다. 별생각 없이 이 책을 읽게 된다면 어쩌면 그 또한 편안함만 추구한 행동인 것 같다. 그렇게 되면 나에게 남는 것도 없게 될 것이다.

재율: 인간이 지닌 '나만 알고 있다'는 달콤한 비밀과 인정받고 싶은 마음이 뒤섞이면 자칫 얼마나 끔찍한 결과를 가져올지 보여주는 이야기이다. 짧지만 임팩트가 있었다.

수현: 내가 행동할 때 나의 이기적인 마음에서 나온 것이 아닌지, 그 행동으로 인해 다른 사람이 피해받을 수 있는지 생각해야 한다.

마지막으로 책을 읽고 난 소감을 나누었다. 남에게 상처 준 적이 없는지 나를 되돌아보기도 하고, 인정 욕구에 대한 인간의 이기심 등을 심도 있게 성찰하고 있었다.

사춘기 자녀, 그림책과 어떻게 만날까?

그림책은 어느 시기에 읽느냐가 중요한 게 아니라, 어떻게 받아들이느냐가 중요하다. 그 또래에 읽는 책은 그 또래의 생각과 정서를 나타낸다.

아이들이 어릴 때 과학관을 자주 갔었다. '어린애가 뭘 안다'고 이야기하는 사람도 있었다. 하지만 그 나이에 볼 수 있는 걸 보면 된다. 또 놀이 공원은 어떠하랴? 같은 곳일지라도 아이의 나이와 관심 분야에 따라 달라지는 것처럼 독서도 그러하다.

『마지막 거인』은 인간의 이기심과 욕망으로 인한 깊은 성찰을 요하는 그림책이다. 이 책을 저학년에 읽었더라면, 감동이 덜하거나 인상적으로 작용하지 않았을 것이다.

독서에 관심이 많은 엄마라면 꼭 고민되는 지점이 있다. 몇 살에는 어떤 종류의 책을 읽고, 몇 학년에는 '이 정도는 읽어야 된다'는 선입견 말이다. 그런데 그런 선입견과 오해들이 우리 아이들에게 책을 멀리하게 하는 건 아닐까? 추천도서나 권장도서에 의존하지 말자. 독서 동아리 토론자들이 중학교에 진학하면서 책 읽을 시간과 토론할 시간 내기가 쉽지 않았다. 학원 시간을 맞추는 것도 그렇지만, 심적으로 여유시간을 내기가 어려웠다. 우리 독서 동아리에서도 쉼표 같은 의미로 그림책을 활용했다. 독서 동아리가 시들해진다거나 딱히 읽어야 할 책을 못 선정했다거나, 토론자가 진행하기 어려울 때 그림책들을 활용해보면 좋겠다.

굴뚝마을의 푸펠

02 토론으로 생각 키우기

『굴뚝마을의 푸펠』은 코미디언 겸 동화작가로 활동 중인 니시노 아키히로의 작품이다. 굴뚝청소부 꼬마 루비치와 온몸이 쓰레기로 만들어진 '쓰레기 사람' 푸펠이 친구가 되어가는 감동적 서사가 인상 깊은 그림책이다. 또한 이야기의 마지막 부분에는 예상치 못한 반전이 숨겨져 있어서 읽는 이들에게 한 번 더 감동을 선사한다.

이 책은 원작을 토대로 2021년 영화로도 상영되어 큰 인기를 끌었고, 특히 영화 OST 작업에 우리나라 가수 이무진 씨가 참여해 화제를 모았던 작품이다.

독서토론 미리보기

주인공 이해하기
교실 속 푸펠 찾기
모두가 yes를 외칠 때

주인공 이해하기

배달부가 실수로 떨어뜨린 심장은 굴뚝마을 쓰레기더미에 떨어지고, 신기하게도 쓰레기 사람으로 다시 태어난다. 마을 할로윈 축제 날에 쓰레기 사람은 마을 사람들에게 다가간다. 그러나 사람들은 지독한 악취와 괴상한 외모 때문에 쓰레기 사람을 피하기만 한다. 하지만 그 중 딱 한 사람, 바로 주인공 루비치만이 '쓰레기 사람 푸펠'과 친구가 된다.

Q 주인공 루비치는 어떻게 친구가 될 수 있었을까요?

재율: 루비치라는 아이가 워낙 좀 독특하기도 하고, 다른 사람들이 다 피하니까 나라도 친구해줘야지 하는 생각이었을 것이다.

은하: 루비치는 편견이 없는 캐릭터로 등장한다. 또 자기도 모르게 쓰레기 사람에게서 뭔가 익숙한 느낌을 받지 않았을까 싶다.

소희: 루비치는 약간 동정심에서 쓰레기 사람이랑 친구가 되어준 것 같다. 다들 피하거나 따돌리는 모습을 보고 마음이 움직였던 것 아닐까?

아무래도 루비치 자신 역시 굴뚝 청소부다 보니 늘 지저분한 모습이었을 것이다. 그런데 처음 마주쳤을 때부터 악취가 진동하는 쓰레기 사람을 보고, 왠지 모르게 동질감을 느꼈을 것이다. 또는 작가가 루비치라는 인물을 그릴 때 편견 없는 캐릭터로 설정했는지도 모른다. 우리 주변에는 드물지만 그런 보석 같은 사람이 있지 않은가.

교실 속 푸펠 찾기

그럼 토론자들의 일상과 가장 가까운 학교 교실에서도 이와 같은 상황이 일어나고 있을까? 만약 자신이 루비치라면 푸펠과 같은 아이와 친구가 될 수 있을지 생각해보기로 했다.

Q 교실에 푸펠과 같은 친구가 있나요? 그런 친구에게 나는 어떻게 행동했습니까?

> **재율:** 중학교 1학년 때 약간 겉도는 친구가 있었는데, 나 역시 다가가기 좀 힘들었다. 가끔 인사하는 정도? 작품 속 푸펠처럼 외모에 거부감이 있진 않았지만, 다시 만나더라도 주인공처럼 살갑게는 대하지 못할 것 같다.
>
> **은하& 소희:** 그런 경험은 없지만, 사람을 외모만 보고 판단한다는 것은 나쁘다고 생각한다. 인성이 안 좋은 거라면 모를까...
>
> **서기:** 다들 대놓고 싫어하는 사람과 비교적 잘 지내본 적이 있다. 그렇지만, 루비치가 푸펠을 대하듯이 행동했던 건 아니다. 그저 완전하게 소외시키는 것보다는 나 한 명이라도 소통하는 편이 공동체에 도움이 될 거라는 생각에 선택한 행동이었다. 지금 되돌아보니 지극히 이기적인 발상이라는 반성이 든다.

모두가 yes를 외칠 때

작품의 첫 장에서 주인공은 말한다.

'믿는 거야, 비록 혼자가 된다고 해도'

이 문장이 묵직하게 다가와 토론자들과도 함께 생각을 나눠 보고 싶었다. 어른의 처지에서 볼 때, 자신의 신념대로 살아가는 것이 쉽지 않다는 걸 잘 알기 때문이었다.

Q 모두가 YES라고 할 때 나만 NO라고 하는 것은 자신감일까요? 무모함일까요?

재율: 저는 자신감 쪽이 더 가까운 것 같아요. NO라고 말하는 것 덕분에 우리 사회가 발전할 수 있다고 생각합니다.

서기: 이유가 있는 NO는 자신감의 표현이 맞는 것 같아요. 과거에는 전체의 뜻을 따르는 분위기가 지배적이었지만, 다가오는 세상에는 NO를 할 수 있는 사람이 유리한 세상이라고 생각해요.

소희: 저는 좀 무모하다고 생각합니다. 다수결의 원칙을 보더라도 알 수 있듯이 어차피 YES를 택한 사람들의 의견이 반영될 텐데, 굳이

NO를 고집하는 건 무모하다고 생각해요.

은하: 체육 시간에 벤치에 앉아도 되고 서 있어도 되는 상황이었어요. 다른 친구들 다 앉는다고 저까지 따라서 앉을 필요는 없잖아요. 무조건 다른 사람의 의견을 따르는 것보다 자신의 의견에 귀 기울이는 게 좋다고 생각해요.

다수의 의견을 따르지 않고 나 자신의 의견을 이야기하는 게 자신감일지 무모함일지 대화해봤다. 정답이 중요한 게 아니라 중학생 자녀들과 이런 대화를 할 수 있다는 점이 매우 뜻깊었다. 눈에 보이지 않는 가치를 사춘기 자녀에게도 자연스럽게 전달할 수 있고 대화 도중 감정이 격해질 염려도 없다. 더구나 독서토론 덕분에 아이들의 생각을 읽을 수 있으니 또한 다행이다.

작가의 생각을 읽어보자

　작가는 이 작품을 통해 무엇을 말하고 싶었던 걸까?

　비록 혼자가 되더라도 자기 신념을 꿋꿋하게 지켜내라고 말하는 것 같다. 또 어려움이 오더라도 끝까지 자기를 믿어주고 지탱하게 해주는 누군가가 있다는 것은 정말 중요하다는 점도 깨닫게 한다.

　아마도 코미디언 출신인 작가가 동화작가로 활동을 하려면 주변의 평가에 휘둘리지 않고 자신의 길을 묵묵히 가야 했을 것이다. 그런 작가의 가치관이 이야기에 녹아든 게 아닐까 하는 생각이 든다. 그리고 시선을 끄는 예쁜 그림 덕분에 이 그림책에 더 몰입감 있게 빠져들 수 있었다.

　인생에는 정답이 없다는 말을 점점 더 자주 떠올린다. 하지만 그런데도 우리는 인생의 결정적 순간마다 선택해야만 한다. 정답이 없는 선택지에서 무엇을 택할까 고민할 때 책이 영감을 줄 때가 의외로 많다. 좋은 책을 보며 내가 추구하는 가치관과 삶의 방향성을 다시 떠올리면 그 선택에 도움이 된다.

　수업 마지막 부분에는 가수 이무진이 부른 영화 OST를 감상하면서 오늘 하루 내가 했던 선택과 행동을 머릿속으로 그려 보는 것도 추천한다.

행운이 너에게 다가오는 중

03 사춘기 마음 터놓기

형수와 우영은 우연히 같은 반 은재가 가정폭력을 당하고 있는 것을 목격하고, 은재를 도우면서 여러 가지 선택의 순간을 마주한다. 제목의 밝은 분위기와 달리 학대와 폭력이라는 무거운 내용이지만, 어려운 상황을 극복하고 성장하는 주인공들을 보면서 오히려 읽는 내가 응원받는 기분이 들었다. 다양한 등장인물을 통해 가족관계와 어른의 모습에 대해 생각해보게 되는 책이다.

독서토론 미리보기

빙글빙글 돌아가며 말하기
등장인물과 나 연결하기
등장인물이 되어 상상해보기
짧은 서평

빙글빙글 돌아가며 말하기

　책의 전체 내용을 요약하는 활동이다. 돌아가면서 내용을 말하다 보면 주인공과 등장인물, 주요 사건들을 파노라마처럼 정리할 수 있다. 누가 처음 시작할 건지 괜스레 장난도 치면서 놀이처럼 할 수 있는 활동으로 시작할 때나 끝날 때 모두 활용할 수 있다.

지윤: 형수와 우영은 우연히 같은 반 아웃사이더인 은재가 가정폭력을 당하고 있는 것을 목격한다.

재율: 상습적인 폭력에 시달리고 있는 은재의 상황을 알게 된 형수와 우영은 고민에 빠진다.

사니: 그런데 우영도 어머니의 언어폭력, 동생과의 비교에 시달리고 있었다.

재율: 어른들은 다 똑같다고 생각되는 순간(더러운 세상…), 또 다른 어른인 형수 아버지가 등장한다.

사니: 형수 아버지는 은재가 축구부 활동을 할 수 있도록 도움을 주지만, 은재는 선뜻 마음을 열지 못한다. 왜냐하면 그동안 많이 실망했기 때문이다.

지윤: 그러던 어느 날 엉망이 된 축구부를 보고, 스스로 진짜 삶을 살아가기로 마음먹고 경찰서로 향한다.

등장인물과 나 연결하기

책 속 등장인물에 비추어 자기 자신 또는 주변 사람들을 돌아보도록 하는 활동이다. 책 속 등장인물들은 각각 다른 형제 관계(외동, 형제 등)나 가족관계(한부모가정, 이혼가정)를 이루고 있고, 그 안에서 갈등과 화해가 일어난다. 책을 읽으며, 아이들은 자신의 가족, 형제 관계에 대해 어떻게 생각하고 있을지 솔직한 마음이 궁금했다.

> 지윤: 책을 읽으며 등장인물 형수와 재율이 아주 비슷하다는 생각이 들었다. 재율이도 평소에 주변에서 일어나는 일에 호기심이 무척 많고 사람들에게도 관심이 많은 편이다. 그래서인지 나도 모르게 더 몰입되었다.
>
> 재율: 그런가? 나는 형수와 형우의 관계를 이해하기 어려웠다. 실제로 나는 정말 형이 좋고, 인생의 멘토와도 같다고 생각한다. 사실 모든 형제 관계가 모두 나 같을 줄 알았는데, 다른 친구의 집에 가보고 아닌 것을 알았다.
>
> 지윤: 재율이 같은 형제 관계는 전래동화에나 나오는 거다. 재율아, 너의 형이 엄청 너그럽다고 생각하면 된다. 나는 다음 생에 반드시 우리 언니의 언니로 태어날 거다.
>
> 샤니: 나보다 너무 똑똑하고 잘난 동생이 있으면 나도 형수처럼 조금 미울 것 같기도 하다. 똑똑한 친동생은 싫고 사촌 동생 정도라면 괜찮을 것 같다.

아이들은 책 속 등장인물 '형수'를 보며 성격이 비슷한 친구를 떠올리고, 형이나 언니, 동생에 대한 평소 생각도 털어놓는다. 멘토 같은 형이 좋을 수도 있지만, 언니 때문에 속상한 동생도 있고, 똑똑한 동생은 부담스럽다는 서로 다른 입장을 알게 되고 자신과 주변 사람들과의 관계를 찬찬히 들여다보는 것이다. 독서토론이 끝난 후에는 부모들도 아이들의 속마음을 알 수 있도록 플랫폼을 통해 아이들의 독서토론 내용을 공유했다.

---

tip. 책을 읽은 후 소감 말하기 활동을 할 때

책을 읽고 소감을 말하라고 하면 아이들은 대체로 재미있다, 재미없다 같은 단답형 소감에 그친다. 책 내용과 자신의 생각을 고루 넣은 소감이 쉬운 일은 아니다. 시상식에 참가하는 배우가 수상소감을 미리 준비하듯 소감을 말하는 것도 준비가 필요하다. 예를 들면, 소감을 말할 때 등장인물과 자신을 연결하는 것도 매우 효과적인 소감 방법이다.

등장인물이 되어 상상해보기

일인칭 주인공 시점으로 등장인물이 되어보는 활동이다. 책 속 '은재'는 아버지에게 상습적으로 폭행을 당한다. 학교에서도 존재감이 없고, 특별히 친한 친구도 없다. 우연히 주인공들은 '은재'의 수상한 행동을 목격하고, 어떻게 해야 할지 고민한다. 실제로 가정폭력이나 학교폭력과 같은 어려움에 빠진 친구의 상황을 알게 된다면 우리 아이들은 어떻게 판단할지 질문해보았다.

지윤: 나는 책에서처럼 그렇게 적극적으로 도움을 주거나 하지는 못했을 것 같다. 은재가 받아드리지 않았기 때문에 더욱 그랬을 것 같다. 은재 아버지와 같은 어른이 내 주변에는 없지만, 혹시나 어딘가에 있을지도 모른다는 생각도 들었다.

재율: 주변에 있는 어른에게 도움을 줄 수 있는지 의논했을 것 같다. 하지만 처음 그런 모습을 보게 된다면 많이 놀라서 아무것도 못 했을지 모른다. 내 주변에 그런 경우가 없어서 다행이다.

사니: 나도 내가 직접 나서서 도움을 주지는 못했겠지만, 어떤 식으로든 방법을 찾아보기는 했을 것 같다. 그리고 많이 슬펐을 것 같다.

적극적 개입	소극적 개입	관심과 공감
재율	사니	지윤, 재율, 사니

우리는 각자의 삶을 존중하며 살아가지만, 사회적으로는 서로 도우며 함께 살아가야 한다. 이를 위해서는 평소 주변에서 일어나는 일에 관심을 가져야 하고, 다른 사람을 이해하고, 공감하는 능력을 갖추는 것이 중요하다. 등장인물이 되어 상상해보기는 아이들이 주변에서 일어나는 어려운 상황에 대해 공감하고 자신의 할 수 있는 도움을 찾아봄으로써, 책 속 배움을 삶으로 연결하는 활동이라고 볼 수 있다.

더불어 책을 통해서 아이들이 누리고 있는 평범한 일상과 안전한 가정에 감사함을 느꼈으면 하는 바람도 있었다. 가정폭력이나 아동학대와 같은 사회적인 문제를 이야기하며, 생각의 범위를 나와 내 가족뿐 아니라 나를 둘러싼 주변, 우리 사회로 확장할 수도 있다.

짧은 서평

독서토론 초기에는 간략한 소감을 말하거나 쓰는 것으로 활동을 마무리했지만, 점차 작가의 의도, 객관적 소통을 위한 서평 말하기 또는 쓰기를 하도록 진행했다. 처음에는 어려워할 수 있지만 여러 번 반복해서 하다 보면 주관적인 소감을 넘어 제법 객관적인 서평이 가능해진다.

지윤: 전지적 작가 시점으로 현재 우리 사회의 문제를 풀어낸 이야기이다. 전반적으로 좋았지만 읽는 동안 마음이 아팠다. 우리 사회 어딘가에서 일어나고 있을 것 같기 때문이다.

재율: 소설이라고 하기엔 너무나 현실적인 내용이었다. 긴장되는 전개에 몰입이 잘 되었고, 또 그만큼 공감되어 더욱 슬픈 책이었다. 은재 같은 친구가 있으면 어쩌나 하는 생각에 주변을 돌아보게 하는 책이었다.

샤니: 여러 가지 시점을 잘 활용해서 다른 책과 달리 독특했다. 작가의 의도처럼 가까운 곳에 행운이 실제로 있고, 그것을 확인할 수 있도록 해주는 책이었다.

독후감(소감)과 서평의 차이

독서 후에는 반드시 무언가(교훈)를 남겨야한다는 생각을 했던 것일까? 엄마의 목소리로 책을 들려주는 유아기에도, 한글을 떼고 스스로 책을 읽기 시작할 때에도 책을 읽은 후엔 어김없이 '어땠어? 재미있었어? 재미없었어?' 등 소감을 물었고, 폭풍 칭찬을 하며 독서록에 독후감을 쓰도록 했던 기억이 있다.

독후감은 이렇게 책을 읽고 난 후의 느낌 또는 느낌을 적은 글을 말한다. 반면 서평은 독후감과 달리 책에 대한 정보와 평가를 담은 글이다. 서평을 쓰기 위해서는 책에 대한 객관적인 정보를 바탕으로 개인의 주관적인 평가를 논리적인 말이나 글로 표현해야 한다. 따라서 서평에는 사고력과 논리적인 표현력이 더 필요하다.

동아리활동에서 토론을 준비하며 가장 많이 하는 것은 다양한 토론 질문을 만드는 것이다. 질문에 따라 더 다양한 생각과 의견을 나눌 수 있었고, 토론을 통해 책에 대한 소감을 더욱 풍성하게 만들어 줄 뿐 아니라 주요 인물에 대한 평가, 글의 구성이나 시점, 주제의 적절성 등 책의 전반적인 부분에 대한 평가를 담은 토론으로 연결되었다. 그래서 토론 내용 중 자신이 가장 인상깊었던 내용을 중심으로 소감을 말하도록 하니 저절로 서평이 되고 있었다.

다른 사람의 서평을 서평하기

온라인으로 물건을 구매할 때 많이 찾아 보는 것이 먼저 구입한 사람들이 쓴 후기 혹은 리뷰이다. 상품 후기나 리뷰처럼 서평도 책을 먼저 읽은 사람들의 주관적인 감상과 평가인 것이다. 책을 읽기 전 온라인 서점에서 고른 책의 서평을 찾아보고, 책을 읽은 후 다시 서평을 읽어보면 서평을 쓴 사람의 의도가 정확하게 이해되기도 하고, 어떤 서평은 근거가 부족하게 느껴지기도 한다. 다른 사람들의 서평을 읽고 비교해보는 활동만으로도 시작은 충분하다. 무조건 서평을 쓰라고 하면 오히려 두 걸음 더 멀어질 수 있다. 먼저 다른 사람이 온라인 서점에 올린 짧은 서평을 읽는 것처럼 자연스럽게 책과의 연결고리를 찾는 것이 한 걸음 더 책과 가까워지는 길이다.

푸른 머리카락

04 과학적 상상력과 토론

『푸른 머리카락』은 한낙원과학소설상 수상작품으로, 현재와 미래를 탐구하는 여섯 편의 스토리로 이루어져 있다. 과학적 상상력을 기반으로 미래에 우리가 직면할 수 있는 여러 문제를 사실적으로 표현하였다. 소설은 미래의 모습을 그려내면서도 다양한 관점으로 현재 사회에서 일어나고 있는 다양한 문제점을 생각해보는 기회를 제공하고 나아가 미래를 위하여 나아갈 길을 고민하도록 돕는다.

독서토론 미리보기

자이밀리언 구분하기
소설 속 인물 되기
찬반토론: 특별한 장례 문화
문제 인식과 과학적 사고

이번 독서 토론 활동에서는 수·과학적 사고력을 키우기 위하여 두 가지 활동에 주안점을 두었다. 첫째, 외계 생명체 '자이밀리언'을 지구인과 구분하기 활동으로 과학적 사고 과정 중 어떤 준거를 세우고 그에 따라 구분하도록 하는 탐구 과정을 경험하게 하고자 하였다.

다음으로는 '과학·기술의 발달에 따른 우리의 또 다른 고민' 활동으로 다양한 관점에서 과학 기술의 발달에 따른 사회 문제가 무엇인지 스스로 인식하고 그의 해결책을 고민해 볼 수 있도록 유도하는 과정을 거치면서 수·과학 사고력의 핵심인 문제해결력을 키우고자 하였다. 여기서 핵심은 준거를 세워 그 준거에 따라 분류하는 것이다.

자이밀리언 구분하기

Q1 외계 생명체 '자이밀리언'을 지구인과 구분하기 위한 특징을 말해보자.

재율: 파란 머리카락, 촉수로 덮인 잎, 툭 튀어나온 황록색 눈동자

지윤: 머리카락이 원체 파란색이고, 물에 들어갔을 때 피부가 파랗게 변하는 생명체

사니: 반투명한 푸른 갑각으로 뒤덮인 피부, 긴 손톱이 달린 긴 손가락, 반투명한 막 속에 갇혀 친환경적으로 바닷물을 담수로 바꾸는 능력이 있음

Q2 위의 특징을 가진 외계 생명체는 '자이밀리언'이라 할 수 있을까?

재율: 설명이 부족하다. 더 많은 설명이 필요할 것 같다.
지윤: 저런 특징을 가진 '외계 생명체'가 하나라는 보장은 할 수 없을 것 같다. 내가 말한 것은 그다지 구체적이지 않아서 안 될 것 같다.
사니: 자이밀리언이라고 하는 건 부족한 것 같다.

위 두 개의 물음에 답하는 동안 자녀들은 '자이밀리언'의 특징만으로는 '자이밀리언'을 충분하게 설명하고 있지 못하다는 것과 보다 세밀한 기준이 필요하다는 것을 깨달았다.

소설 속 인물 되기

소설은 자이밀리언과 지구인 사이에서 태어난 소년 재이와 지구인 소녀 지유의 특별한 만남을 시작한다. 재이를 통해 지유가 자신의 편견을 직시하고 변화하는 과정을 다룬다. 푸른 머리카락을 가진 재이를 통해 지구인과 자이밀리언 간의 이해와 연결이 이루어지며, 편견과 차별을 극복하고 서로를 인정하게 된다.

Q 소설 속 '재이' 또는 '지유'가 되어보고 느끼는 감정을 이야기해 보자.

재율: 내가 만약 재이였다면, 자이밀리언으로 차별받는 삶을 견디기 힘들어 학교에 나가지 않거나, 심한 경우 극단적인 선택을 고려했을 것 같다. 그만큼 자이밀리언은 인간과 비슷한 지적 생명체임에도 그에 걸맞는 대우를 받지 못한다고 느꼈을 것 같다.

➡ 자이밀리언으로 태어난 건 너가 선택한 건 아니잖아. 너를 놀리는 친구들이 잘못한 거지 너가 문제가 있어서는 절대 아니야. 너는 소중한 존재니까. 힘이 들 때 내가 너의 얘기를 잘 들어줄게.

지윤: 내가 만약 지유였다면 자이밀리언에 대해 거부감이 들지 않도록 노력했을 것 같다. 딱히 지구에 해가 되는 것도 아니고 외국인이라고 생각하면서 친해지려고 노력했을 것 같다.

➡ 그런 생각을 하다니 넌 참 대단하다. 재이가 큰 힘이 될 것 같다.

사니: 내가 만약 재이였다면 나를 따돌리는 친구들이 정말 싫었을 것 같다. 그래도 자기를 이해해 주려는 지유가 있어 큰 힘이 되었을 것 같다.

➡ 재이야! 다행이다. 지유가 있어 큰 힘이 된다니. 너를 따돌리는 친구들이 나쁜 거니까 당당해져도 돼.

자녀들은 재이, 또는 지유가 되어 생각을 이야기해 보았다. 또한 제3자가 되어 재이 또는 지유의 생각에 답을 달면서 재이와 지유의 마음을 더 잘 들여다보려고 하였다. 유연한 사고를 하고 있다고 생각했던 사람조차 작품을 읽으면서 자신 안에 남아있는 편견을 발견할 수 있다.

나아가 우리 사회 속 소수자들인 다문화가정, 북한 이탈주민, 난민, 성소수자와 같은 사람들에게 관심을 확장할 수 있는 활동을 추가하여 자녀들이 자연스럽게 사회적 다양성을 인정하고 포용할 수 있도록 유도할 수 있다.

찬반토론 : 특별한 장례문화

주인공 다인이의 엄마는 다인이의 할아버지의 죽음으로 '로이 서비스'를 신청해 고인의 모습과 감정을 가진 휴머노이드를 얻게 된다. 그러나 다인이는 기계를 할아버지처럼 대하는 엄마의 태도에 반감을 느끼고, 어른들의 위선과 상술에 답답함을 느낀다. 소설 속 '로이 서비스를 신청하시겠습니까?', '베이직, 스탠더드, 프리미엄 세 종류의 서비스 중 어떤 서비스를 이용하시겠습니까?'라는 내용에서 무엇을 느끼는지, 그리고 '로이 서비스' 도입이 필요하다고 생각하는지에 대한 토론을 통해 과학·기술의 발전이 우리 생활에 미칠 수 있는 영향을 생각해보는 시간을 얻었다.

Q '로이 서비스' 도입에 대한 찬성 또는 반대 의견을 밝히고 이유를 설명하시오.

재율: '로이 서비스'라는 시스템 자체는 죽은 이를 놓지 못하고 극단적인

선택을 시도하는 이에게 있어 좋은 안정제라고 생각한다. 하지만 결론적으로 이미 죽고 떠나간 이를 재현하는 것이며, 근원적 해결책이 될 수는 없어 결국은 현실을 직시해야 한다. 현실을 직시하지 못하고 죽은 이를 그리워하는 이들을 위한 해결책으로는 찬성한다.

지윤: 이미 떠나간 이와 그를 대체하는 로봇을 똑같은 존재로 보는 것은 고인 모독이라고 생각하지만, 죽은 이를 그리워하고 그가 떠난 것이 너무 견디기 힘든 사람에게 그를 천천히 잊게 해주는 방법으로써는 매우 좋다고 생각한다.

사나: 찬성한다. 특히 가족이나 친구 등 주변인의 죽음을 많이 겪어보지 않은 사람들에게 떠나보내야 하는 사람들을 재현해 보내기 전 마음을 정리하는 시간을 주는 서비스가 도움이 많이 될 것으로 생각된다.

자녀들은 '로이 서비스' 도입에 조금은 거부감이 든다고 했지만 대체로 긍정하는 입장을 보였다. 죽은 사람을 소설 속에 나오는 것과 같이 똑같이 만들 수 있는지 과학 기술적인 면에 대해 생각을 나누어보는 것, 죽은 사람을 닮은 휴머노이드를 도입하는 것에 대한 윤리적 문제를 생각해보는 것도 좋은 추가 활동이 될 수 있다.

문제 인식과 과학적 사고

이번 활동으로 과학적 상상이 현실이 된다는 가정 하에 시점에서의 과학·기술의 발달에 따른 긍정적 효과와 부정적 효과를 생각해 볼 수 있도록 하였다.

Q1 소설, 영화나 웹툰 등에서 과학적 상상력이 돋보이는 장면 찾아보자.

> 재율: 로이 서비스 속 죽은 이의 기억을 완전히 이식하고 한 명의 사람으로서 기능할 수 있는 인공지능, 딥러닝을 통해 특정 상황 이후 변화 상황을 예측할 수 있는 인공지능
>
> 지윤: 공룡의 DNA 복제 - 공룡의 유전자를 분석하고, 그 유전자 정보를 이용하여 DNA를 복제하는 과정
>
> 사니: 푸른 머리카락에서 남자 자이밀리언이 결혼을 하여 아이를 가지면 바다 속에 코쿤이 되어 하루에 10.5톤씩 바닷물을 담수화한다는 설정

Q2 위의 질문에서 찾은 장면이 만약 현실이 된다면, 예상되는 문제점이 있을지 생각해보자.

> 재율: 긍정적 영향으로는 한 명의 사람으로 기능할 수 있는 로봇 등으로 효율적인 일 처리 가능하다. 하지만 인간과 로봇의 차이가 흐려지는 등의 윤리적 문제, 발달하는 기술에 비해 느린 법률적 문제가 있을 수 있다.
>
> 지윤: 그 영화에서나 실험 때문에 행했던 것이지, 실제로 일어난다면 인공적으로 개체 수가 늘어난 공룡이 인간의 통제를 벗어날 가능성

이 크다.

샤니: 자이밀리언이라는 생명체가 결혼을 하여 아이를 가지면 바다 속에서 영원히 잠들어 있다는 것이 잔인하다는 생각이 들었다. 그럼 그의 자녀는 평생 아빠를 못 보니까 슬플 것 같고 또한 자이밀리언이 바닷물은 담수화한다는 게 가능한지 모르겠다. 많은 자이밀리언이 담수화한다면 바닷물은 없어지는 건지. 담수화하는 과정에서 생기는 물질을 처리해야 할 텐데 어떻게 처리해야 할지 문제가 될 것 같다.

『푸른 머리카락』이 작품집은 우리 자녀들에게 과학적 상상력으로 다양한 상상과 이야기를 펼칠 수 있는 독특한 가상의 세계를 제시해준다. 소설을 읽는 동안 맘껏 아이디어나 상상도 가능하게 하여 가상의 세계를 창조하게 한다. 이러한 과학적 상상력은 현실과 연결되어 자녀들에게 더 넓은 시야를 제공하여 줄 수 있으며, 미래의 가능성을 탐구 및 과학 기술의 영향을 이해하는 데 도움을 준다. 나아가 다양한 관점으로 과학 기술의 발달에 따른 사회 문제를 고려해 볼 수 있도록 유도할 수 있으며, 이는 자연스럽게 우리 자녀들에게 과학과 기술이 요구하는 직관, 논리력, 문제해결력 등을 키울 기회를 제공할 것이다.

학교공부 따라잡는
일석이조
책 한 걸음

"나 공부하러 가야 해서 독서토론 할 시간 없어!"
"내가 해야 할 일이 얼마나 많은데 책도 읽어야 해?
책 읽기가 당장 중요한 건 아니잖아!"
중학교에 입학 후 친구와 공부, 학원까지.
바빠서 책 읽을 시간이 없다고 한다.
그러나 교과서만 공부가 아님을 확인시켜줄 비장의 카드가 있다.
"네가 읽는 이 책이 바로 공부야"
교과서에서 볼 수 있는 책을 함께 읽어보자.
책을 읽고 독서토론을 하는 모든 활동이 공부와 직접적으로 연결이 된다.
더 나아가 독서를 통해 향상된 문해력은 학습 전반에 큰 도움을 준다.
어때? 독서가 시간 낭비는 아니지?

옹고집전

01 온고지신의 사고력

옹고집은 부자이면서도 더 많은 재물을 모으고 싶어 심술과 고집을 부려 사람들을 괴롭히는 인물이다. 그런 옹고집 앞에 자신과 똑같이 생긴 가짜 옹고집이 나타난다. 진짜 옹고집과 가짜 옹고집은 서로 자신이 진짜라고 다투게 되는데 그 과정이 무척이나 우스꽝스럽다. 돈만 밝히던 진짜 옹고집이 집에서 쫓겨나 온갖 고생을 하며 자신의 잘못을 고쳐가는 모습을 통해 오늘날 우리의 삶을 돌아보게 한다.

독서토론 미리보기

가장 인상깊은 장면 찾기
현실 속 옹고집 찾기
옹고집의 심술 고치기 전략
나의 옹고집 척도

가장 인상깊은 장면 찾기

    책 한 권을 모두 다 읽어도 모든 내용이 기억에 남는 건 아니다. 나에게 인상 깊었던 장면이 가장 기억에 남기 마련이다. 옹고집전을 읽으면서 인상 깊었던 장면과 그 이유를 찾아봄으로써 책의 어떤 부분에 내가 집중했었는지를 함께 이야기 나누어본다.

은하: 가장 인상깊은 장면은 옹고집이 누가 진짜 옹고집인지 가리기 위해 원님에게 가는 길에 다른 사람들에게 누가 옹고집인지 물어보는 장면이다. 물어보면서 옹고집이 스스로 '내가 미친놈이다.'라고 하면서 불안해하는 모습이 기억에 남는다.

소희: 가짜 옹고집이 진짜 옹고집의 집에 들어가는 장면이 인상 깊었다. 이 순간부터 진짜 옹고집이 고난이 시작돼서 이 장면이 기억난다.

재율: 진짜 옹고집이 집으로 돌아와서 부적을 이용하여 가짜 옹고집을 허수아비로 변화시키는 장면이 기억에 남는다. 왠지 문제가 해결되는 것 같은 시원함이 느껴졌다.

서기: 짚으로 만든 가짜 옹고집이 기억난다. 여러 가지 물건 중에 왜 짚으로 만들었을까? 짚이 만들기에 편해서이기도 했겠지만, 왠지 짚으로 만든 가짜 옹고집의 모습에서 옹고집의 고집과 욕심이 더 허무함을 보여주는 것 같다.

현실 속 옹고집 찾기

📖 옹고집: 억지가 매우 심하여 자기 의견만 내세워 우기는 성미, 또는 그런 사람

    옹고집이라는 단어를 사전에서 찾아보면 위와 같이 정의되어 있다. 옹고집과 같은 사람은 책 속에서만 존재할까? 안타깝게도 우리는 현실 속에서도 이러한 사람들을 만나곤 한다. 살면서 어떤 옹고집을 보았는지 이야기해봅시다.

> **은하:** 함께 하는 게임에서 자신과 규칙을 어기면 괜찮고 다른 사람이 어기면 난리가 나는 친구가 있었다. 너무 고집불통이라 다들 힘들어했는데 그래도 학기 초에는 친구들이 어울려 주었는데 나중에는 친구가 없었다.
>
> **소희:** 3학년 때 같은 반 친구였는데 자꾸 놀려서 하지 말라고 해도 자기는 놀리거 아니라며 계속 놀렸다. 사람을 힘들게 하는 심한 장난을 치고 자신은 그런 적 없다고 우겨서 되게 피곤하고 힘들었다.
>
> **재율:** 나는 옹고집인 사람을 본 적이 없다.[3]

---

3) 독서토론을 하다 보면 자신의 의견이 잘 생각나지 않거나 말할 거리가 없을 수 있다. 이럴 때 억지로 말하게 시키지 말고 말할 거리가 없음을 자연스럽게 표현하도록 지도하는 것이 좋다.

옹고집의 심술 고치기 전략

『옹고집전』의 학대사는 옹고집의 못된 심술을 고치기 위해 허수아비로 만든 가짜 옹고집을 보내는 방법을 선택한다. 만약 내가 학대사라면 옹고집의 심술을 고치기 위해 어떤 전략을 쓸지 생각해보자.

재율: 옹고집에게 자신이 흥해진 방법으로 자기가 망하는 방법을 쓰겠다. 예를 들면 불량식품을 팔아서 돈을 번 사람은 불량식품을 계속 먹게 해서 후회하는 방법과 같은 것이다.

동진: 세종대왕처럼 좋은 일을 하는 사람 밑에 들어가서 가난한 사람을 위해 강제로 일하게 시킨다. 남을 위해 일을 하면서 동시에 벌이 되는 방법이다.

소희: 잘못된 길로 가도록 그냥 가만히 내버려 둔다. 결국 주변에 아무도 없다는 것을 깨닫고 스스로 자멸하는 것이 가장 좋은 방법이라고 생각한다.

은하: 대단한 방법은 아니지만 옹고집에게 소중한 것들을 빼앗은 후 가족을 떠나 스님 곁에 머물며 반성하도록 한다. 그러면 가족과 떨어져 지내는 시간 동안 정신적으로 괴로운 벌을 받는 것이다.

나의 옹고집 척도

옹고집의 가장 대표적인 특징은 심술, 욕심, 이기주의이다. 이런 옹고집의 특징이 우리에게도 있지 않을까? 나의 옹고집 척도를 아래의 옹고집 척도 표를 참고하여 수로 나타내어 보자. 그 수를 선택한 이유도 함께 이야기한다.

옹고집 척도표

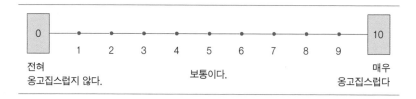

재율: 7, 내가 나를 가만히 보면 사람이 좀 이기적인 면이 있다. 그래서 7이다.

소희: 6, 다른 사람이 행복하면 대체로 행복하지만, 가끔 짜증 나는 사람이 잘 되는 건 싫다. 그래서 6 정도일 것 같다.

동진: 6, 나는 남이 하든 말든 관심이 없는 타입이라 경쟁의식이 별로 없다. 다만 나랑 비슷한 성향의 사람이 잘 되면 그 사람을 의식할 때가 있어 6을 선택했다.

은하: 7, 성격상 다른 사람에게 관심이 많은 타입이다. 나랑 잘 안 맞는 사람이 잘나가면 마음이 좋지만은 않다. 부럽기도 하고 질투도 나서. 그래서 나는 7을 선택했다.

조선 시대 여성의 삶은 어땠을까?

『옹고집전』은 조선 후기에 쓰인 한글 소설이다. 그 속에는 조선 후기 백성들의 삶의 모습이 많이 담겨있다. 부유한 양반과 소작농, 신분제도와 같은 모습을 찾아볼 수 있다. 그렇다면 이러한 조선 시대에 여성의 삶을 어땠을까? 조선 시대 여성의 삶을 함께 알아보자.

소희: 조선의 거상 김만덕은 제주도 출신이야. 당시에 제주도 여자들은 제주도 밖으로 나가지 못하는 규정이 있었는데. 그 시절에 여자로 살았더라면 꿈이라는 것은 꾸지 않았겠다는 생각이 들어. 하루하루 바쁜 일을 하면서 단순한 삶을 살기만 했을 것 같아.

동진: 조선 시대 여성은 한이 많았을 것 같아. 그런데 태어날 때부터 그 문화 속에서 살아버려서 마음은 힘들지만, 그 상황을 비판적으로 보고 바꾸려는 도전은 힘들었을 것 같아.

재율: 남아선호사상이라는 말을 들어 봤어. 남자아이가 먼저라는 말은 뒤집어 보면 여자아이는 싫다는 뜻이 되잖아. 조선 시대에 여성으로 사는 것은 순탄하지 않았을 것 같아.

은하: 『담을 넘은 아이』라는 책에서 보니까 조선 시대 때는 태어날 때부터 남녀 차별이 심했었던 것 같아. 하는 일도, 배우는 것도 모두 달랐으니까. 오죽하면 담 너머를 보기 위해 널뛰기를 했을까 하는 생각이 들어.

운수좋은 날
vs
메밀꽃 필 무렵

02 근대 문학의 다양함

근대문학의 다채로운 맛을 느끼기 위해서 같은 시기를 살았지만 전혀 다른 감성을 표현한 작품을 함께 읽으면 좋겠다는 의견이 있었다. 시기적으로 동일하면서도 복선이 명확하게 드러나는 작품 중에 현진건과 이효석 두 작가의 작품을 선택했다.

독서토론 미리보기

작가 알아보기
주인공 집중 탐구하기
복선 찾기
결정적 장면 떠올리기
같은 시대, 다른 두 작가의 관점

작가 알아보기

근대 소설을 이해하기 위해서는 먼저 작가에 대해 알아보는 것이 중요하다. 작가가 살았던 시대적 상황이 소설 전반에 영향을 미치기 때문이다. 작가 정보는 작품이 실린 책의 부록에 기록되어 있는 경우가 많으니 참고하기를 권장한다.

우리는 핸드폰을 이용하여 작가에 대해 알아보았는데 인터넷 세대인 만큼 검색하고 정보를 찾아 모으는 활동에 흥미를 자주 보였다.

◆ 현진건 (1900-1943)

동진: 현진건은 1900년에 태어나서 1943년에 사망하였다. 현진건은 일제 강점기 때 활동했던 사람으로 소설가이면서 독립운동가이기도 하였다.

수현: 검색해보니 현진건은 신문사에서도 일했다고 한다. 손기정 선수의 사진에서 일장기를 삭제한 사람이라니 놀랍다.

재율: 현진건은 44세의 나이로 엄청 일찍 죽은 것 같다. 평생 가난하게 살다가 병으로 죽었다.

은하: 현진건은 하층민의 암울한 현실을 그대로 사실적으로 표현한 작가라고 한다.

『운수 좋은 날』의 작가인 현진건에 관해 조사함으로써 작가가 일제 강점기 때 활동했던 사람이며, '사실주의' 기법으로 소설을 썼다는 것을 알게 되었다. 이를 바탕으로 생각해보면『운수 좋은 날』은 현진건이 살았던 일제시대 하층민의 삶의 모습이 그대로 담긴 소설임을 알 수 있었다.

◆ 이효석 (1907-1942)

> **수현**: 이효석은 강원도 평창 봉평면에서 태어났다. 봉평은『메밀꽃 필 무렵』에서 허생원이 젊은 시절을 추억하던 장소이다.
> **동진**: 이효석은 교수가 직업이었던 것 같다. 교수이면서 소설가였다.
> **소희**: 이효석도 일제 강점기 사람이다. 1907에 태어나서 1942년에 사망하였다.
> **재율**: 이효석은 자연의 아름다움을 묘사한 작품을 썼다. 우리가 읽은 『메밀꽃 필 무렵』이 그 대표적인 소설이라고 한다.

이효석은 '자연과의 교감'을 아름답게 표현하는 '서정주의' 작가이다. 이러한 작가의 성향이 가장 잘 나타난 작품이『메밀꽃 필 무렵』이라고 한다. 또한 소설의 배경이 된 봉평이 이효석의 어릴 적 고향이라는 점을 무척 신기하다. 어린 시절 직접 메밀꽃을 보았기 때문에 소설에서 실감 나게 묘사할 수 있었던 것 같다.

주인공 집중 탐구하기

소설 속에 나오는 주인공에 관해 집중 탐구해보자. 주인공의 행동과 말을 통해 주인공의 성격과 특성을 찾아보도록 한다. 한 사람이 의견을 내면 그 의견에 대해 다른 사람들이 자신의 의견을 댓글처럼 연결하여 말하도록 한다. 주인공의 행동이나 말에 대해 토론자들의 다양한 의견을 모이면 주인공을 조금 더 이해할 수 있다.

Q 『운수 좋은 날』 : 김첨지는 어떤 사람인가?

재율: 김첨지는 아픈 아내에게 욕을 하고 뺨을 때리는 아내를 전혀 아끼지 않는 나쁜 사람이다.

➡ 김첨지가 아픈 아내에게 욕을 하고 때린 것은 맞지만, 나중에 아내가 죽었을 때 아내의 얼굴을 부비면서 슬퍼하는 모습에서 아내를 사랑하는 마음이 보였다.

➡ 김첨지는 오랜만에 먹을거리를 사 왔는데, 그걸 먹고 아내가 더 아프니까 속상해서 한 행동인 것 같다. 하지만 속상하다고 아내를 때리는 것으로 보아서 마음과 달리 행동이 거친 사람인 것 같다.

수현: 김첨지는 아픈 아내가 걱정되면서도 계속해서 인력거를 몰았다. 이런 모습에서 김첨지는 사람보다 돈을 더 중요하게 생각하는 것

같다.

> ➡ 김첨지가 돈을 중요하게 생각하는 건 맞는 것 같다. 하지만 돈을 벌어서 아픈 아내 에게 설렁탕을 사주려고 하는 것을 보면 사람도 중요하게 생각하는 것 같다.
>
> ➡ 누구나 너무 가난하다가 갑자기 돈을 벌게 되면 누구라도 멈추지 못할 것이다. 김첨지는 사람보다 돈을 더 중요하게 생각하는 사람이 아니라 생계를 위해 돈이 필요한 사람이다.

Q 『메밀꽃 필 무렵』: 허생원은 어떤 사람인가?

> 소희: 함께 다닌 나귀를 소중하게 대하는 모습을 보니 허생원은 동물을 소중히 여기는 사람이다.
>
> ➡ 아이들이 나귀를 괴롭히는 걸 보고 마음 아파하는 모습을 보니 동물을 소중하게 생각하는 것 같다.
>
> ➡ 나귀를 아끼는 모습을 보니까 착한 사람인 것 같다.
>
> 동진: 허생원은 옛사랑을 잊지 않고 사는 사람인 것 같다. 그래서 계속해서 봉평장에 들리는 것 같다.
>
> ➡ 조선달은 허생원의 젊은 시절 이야기를 엄청나게 많이 들었다고 한다. 그럴만큼 계속해서 기억하고 있는 것 같다.
>
> ➡ 허생원은 옛 처녀를 많이 그리워하는 것 같다. 꼭 만나고 싶다는 의지가 보였다.

복선 찾기

복선이란 소설에서 작가가 의도적으로 앞으로 일어날 일이나 상황을 미리 독자에게 살며시 암시해주시는 장치를 말한다. 독자는 복선을 통해 아직 일어나지 않은 일을 예측할 수 있으며 때로는 뒤에 이어지는 사건이 우연이 아니라 작가의 의도에 따른 인과관계가 있다고 생각하게 된다.

『운수 좋은 날』은 복선을 많이 사용하여 쓰인 글이다. 글의 복선이 일괄적인 결말을 예측하게 한다. '메밀꽃 필 무렵'의 복선은 열린 결말로 끝나는 글에 다음 상황을 예측하게 하는 근거가 된다. 두 글 속의 복선을 찾고 그 의미를 이야기해 보자.

『운수 좋은 날』

동진: 김첨지가 인력거를 끌고 가던 중 집 근처를 지날 때 다리가 무거워지고 아내의 말이 생각나는 장면이 있다. 이 부분이 아내의 죽음을 알려 주는 복선으로 보인다.

재율: 김첨지가 선술집에서 술을 먹고 "우리 마누라가 죽었다네" 라고 했다가 "죽기는 누가 죽어" 라고 다시 소리치는 모습에서 왠지 불안한 결말이 예상된다.

은하: 김첨지는 이상하게 꼬리를 무는 행운 앞에

서 겁이 났다고 말이 나온다. 오랜만에 돈을 잘 벌고 있었는데 겁이 났다는 표현이 앞으로의 불행을 암시하는 것 같다.

『메밀꽃 필 무렵』

재울: 허생원이 첫사랑을 만난 곳이 봉평인데 동이 어머니의 고향도 봉평이라는 점에서 두 사람이 뭔가 관계가 있어 보인다.

은하: 허생원이 물에 빠졌을 때 동이가 구해준다. 이때 허생원은 동이가 왼손잡이인걸 보게 되는데 이 부분이 복선인 것 같다. 허생원도 왼손잡이인데 동이도 왼손잡이라서 동이가 허생원의 아들일 것 같다.

결정적 장면 떠올리기

소설의 결정적 장면을 머릿속에 떠올려보자. 때로는 글자가 주는 정보보다 그 속에서 느껴지는 장면에서 더 많은 것을 알 수 있다. 다 같이 눈을 감고 소설 속 결정적 장면을 머릿속에 떠올려보자. 그리고 그 장면에서 느껴지는 것을 이야기해 본다. 그럼 소설의 또 다른 매력을 느낄 수 있을 것이다.

Q 『운수 좋은 날』의 결정적 장면은 무엇인가?

동진: 비오는 길을 김첨지가 바쁘게 손님을 인력거를 태우고 다니는 모습이 떠오른다. 돈을 많이 벌어서 좋아하기도 했다가 갑자기 불안

해하기도 하는 김첨지의 표정이 떠오른다.

은하: 마지막 아내에게 "설렁탕을 사다 놓았는데 왜 먹지를 못하니" 하며 죽은 아내에게 얼굴을 비비며 우는 장면이 떠오른다. 김첨지는 돈만 좋아하는 줄 알았는데 아내에 대한 사랑도 있었던 것 같다.

Q 『메밀꽃 필 무렵』의 결정적 장면은 무엇인가?

수현: 달빛에 비친 메밀밭을 세 사람이 걸어가는 모습이 떠올랐다. 하얀 메밀꽃 위에 달빛이 비치는 모습을 상상한다. 그 길이 무척 아름다웠을 것 같다.

소희: 메밀밭을 비추는 달이 모습이 떠오른다. 부드러운 달빛에 은은하게 보이는 메밀꽃 사이를 걸어갈 때 다른 걱정은 없고 마음이 편안했을 것 같다.

재율: 허생원이 물에 빠졌을 때 동이가 구해주는 장면이 떠오른다. 구해주고 나서 허생원이 동이가 왼손잡이임을 발견했을 때 왠지 답을 찾는 것 같다.

『메밀꽃 필 무렵』의 결정적 장면은 작가가 자연과의 교감을 중요시한 만큼 자연이 아름답게 표현한 부분을 떠올려보았다.

같은 시대, 다른 두 작가의 관점

『운수좋은 날』의 현진건 작가와『메밀꽃 필 무렵』의 이효석 작가는 모두 일제시대에 살았던 사람들이다. 하지만 두 작가가 힘든 시대 상황을 해석하는 관점은 많이 차이가 난다. 작가가 전하고자 하는 주제를 찾아보고, 주제가 서로 다른 이유도 이야기해봅시다.

동진:『운수 좋은 날』의 작가는 일제 강점기에 하층민의 삶이 고통스럽다고 말하는 것 같다. 그래서 희망이 없어 보인다. 반면『메밀꽃 필 무렵』의 작가는 등장인물을 통해 아직 사랑이 있어 희망적이라고 말하는 것 같다.

재율:『운수 좋은 날』작가는 그냥 삶은 고통이라고 말하는 것 같다. 평범한 날도 힘든데 운수가 좋은 날도 힘드니 그냥 삶은 고통인 것 같다.

은하:『메밀꽃 필 무렵』은 소설은 힘든 현실보다 아름다운 자연을 글 속에 적어서 사람들을 위로해주고 싶었던 것 같다. 일제시대를 살아가는 것은 너무나 고통스럽지만 아직 아름다운 것도 있다고.

어려움보다 설레임으로 다가가길

『운수좋은 날』과『메밀꽃 필 무렵』을 독서토론 책으로 정하면서 이 소설을 언제 내가 읽어보았던가 기억을 더듬어보았다.

내가 처음 이 두 소설을 접한 것은 고등학교 국어시간이었다. 시험을 대비하여 배우는 근대 문학 중 하나가 바로『운수좋은 날』과『메밀꽃 필 무렵』이었다. 그때 두 소설을 읽고 내가 느낀 것은 아무것도 없었다. 다만 외워야 할 내용이 있었을 뿐이다. 주제가 무엇인지, 표현기법은 무엇인지, 등장인물의 성격과 같이 시험에 나올만한 내용을 외워야 했다. 그래야 시험을 잘 볼 수 있었으니까.

『운수좋은 날』과『메밀꽃 필 무렵』을 독서 토론 책으로 정할 때 사실은 조금 망설여졌었다. 나도 어려운 이 소설을 어떻게 토론해야 할지 막막하기만 했다. 하지만 근대 문학을 아이들과 함께 읽어보고 싶다는 욕심에, 한편 우리 아이들은 나처럼 시험 지문이 아니라, 온전히 소설 그 자체로 만나봤으면 하는 마음에 독서토론 책으로 선정하였다.

독서토론을 준비하며 소설을 읽고, 생각하고, 관련 자료도 찾아보았다. 여러 번 읽고 나니 글의 흐름이 보이기 시작했다. 글의 흐름이 보이니 고등학교 때 그렇게 외웠던 주제와 표현기법. 등장인물의 성격이 굳이 외우지 않아도 보였다. 그리고 인물의 상황과 감정에 공감할 수 있었다.

독서토론을 함께 진행하면서 특히 기억에 남는 것은 '메밀꽃 필 무렵'에서 결정적 장면을 찾는 활동이었다. 메밀밭에 핀 꽃이 소금을 뿌린 듯 달빛에 비치는 장면을 떠올리면서 우리는 모두 왜 이 소설을 한 편의 시와 같다고 말하는지 알 수 있었다. '아름답다'라고 말하는 아이들의 이야기를 들으며 나도 모르게 가슴이 뭉클했다.

나에게 근대 문학은 어렵기만 한 것이었다. 하지만 함께 독서토론을 한 아이들에게 근대 문학은 조금 다른 기억이 되기를 기대해본다.

봄봄
vs
동백꽃

03 같은 작가의 다른 소설 같이 읽기

코로나19가 한창이던 때 토론자들은 모두 중학생이었다. (동아리 막내만 초등학교 6학년) 김유정 작가의 소설 속 주인공 점순이도 16살로 동아리 친구들과 또래인데, 문득 1930년이 배경인 이 소설을 읽는다면 아이들은 작품 속 또래를 어떻게 느낄지 궁금해졌다.

독서토론 미리보기

두 작품의 공통점 찾아보기
핸드폰 검색 찬스 사용하기
책 띠지에 들어갈 문장 만들기

두 작품의 공통점 찾아보기

두 작품 모두 교과서에 수록될 만큼 유명한 작품이라서 누구나 한 번쯤 들어본 기억이 있을 것이다. 그러나 정작 내용을 물어본다면 『봄봄』이었나, 『동백꽃』이었나 하는 부분이 많다. 두 작품이 매우 유사하기 때문이다. 그래서 나처럼 아이들도 헷갈리지 않을까 하는 노파심으로 첫 질문을 시작해보았다.

Q1 『봄봄』과 『동백꽃』은 김유정 작가의 쌍둥이 작품이라도 해도 될 만큼 비슷한 부분이 많이 있습니다. 두 작품의 공통점은 어떤 점이 있나요?

재율: 여자 주인공 이름이 점순이로 똑같습니다.
은하: 두 작품 다 비슷한 연령대의 남녀가 주인공입니다.
수현: 두 작품의 남녀 주인공의 성격이 비슷합니다.
동진: 남자 주인공이 조금 억울한 것 같습니다.

Q2 그럼, 여기서 꼬리 질문 들어갑니다. 두 책의 여주인공이 모두 점순이입니다. 그리고 이 책은 남자 대 여자로 대표되는 인물 유형입니다. 두 주인공은 어떤 유형의 인물인가요?

은하: 남자는 순진한 사람이고, 여자는 당돌한 사람이에요.

재율: 남자는 완전 순진무구하고 눈치코치 하나 없는 애이고, 여자는 아주 당돌하고 남자와는 딱 정반대 타입입니다.

동진: 남자는 어리숙하며 순진한 성격이며, 여자는 맹랑하고 자신감이 있으며 당돌해요.

수현: 남자는 순진하고 당하기만 하는 유형이고, 여자는 당돌하고 뭔가를 이끌어 가는 걸 좋아하는 유형이에요.

핸드폰 검색 찬스 사용하기

준비물로 핸드폰을 공지했다. 뱃속에서부터 핸드폰을 했을 거라는 세대의 아이들이라 핸드폰 검색실력은 대단하다. 이 좋은 실력을 학습에 적절히 이용해보자는 의도에서 넣은 활동이다. 핵심 단어가 나오지 않으면 몇 가지를 제시해주어도 좋다. 검색 속도 차이가 있어서 먼저 찾은 친구는 내용을 읽고 숙지하도록 했다. 그리고 진행면에서 세 가지 단어를 각자 다른 사람이 발표하도록 배려했다.

Q1 책 표지로도 알 수 있듯 이 책은 일제 강점기 농촌을 배경으로 하고 있습니다. 책 속에서 시대적, 공간적 배경을 알 수 있는 단어들을 찾고 핸드폰으로 정확한 뜻을 찾아주세요.

동진: 데릴사위 - 처가에서 데리고 사는 사위. 아들이 없이 딸만 가진 부모가 데릴사위를 들이는 것이 보통. 혼인풍속 제도

은하: 마름 - 지주를 대리하여 소작권을 관리하는 사람

재울: 소작인 - 다른 사람의 농지를 빌려 농사를 짓고 그 대가로 사용료를 지급하는 사람

Q2 여러분은 동백꽃을 본 적이 있나요? 책 표지에 보면 점순이 주변으로 노란 꽃들이 흐드러지게 피어 있습니다. 지금부터 동백꽃과 생강나무를 검색해 주세요.

먼저 이미지 검색으로 동백꽃을 검색하게 한다. 빨간 동백꽃이 나온다. 이후 생강꽃을 검색하게 한다. 표지의 그림처럼 노란 꽃이 나온다. 생강나무는 얼핏 보면 산수유나무와 헷갈리기 쉬우나, 가지나 잎을 꺾어 비비면 생강 냄새가 난다고 생강나무이다. 원래 붉은색인 동백꽃을 노랑으로 표현한 이유는 소설 속 동백꽃이 사실은 생강나무꽃이다. 소설의 배경인 강원도에서는 생강나무를 동백나무라고 부른다. 동백꽃은 생강나무의 방언인 셈이다.

책 띠지에 들어갈 문장 만들기

책을 사면 표지 겉면에 띠를 두르고 있는 종이를 만나게 된다. 그 책을 사게 하는 광고 문구일 때도 있고, 수상 경력이 화려한 책이라면 그 수상을 알리기도 한다. 만약 우리가 출판사의 카피라이터라면 이 책의 홍보 문구를 뭐라고 쓰면 좋을까? 각각 써보도록 했다.

은하: 어느 산골 마을의 순박한 사랑 이야기
재율: 시골 마을의 순진무구한, 때로는 당돌한 핑크빛 기류
수현: 사랑을 위한 닭싸움
동진: 구운 감자 같은 시골 소년과 소녀의 풋사랑 이야기
소희: 시골 소년의 조금 특이한 사랑 이야기

토론 말미에는 한 줄 평을 자주 쓰곤 한다. 나름의 평을 한 문장으로 표현하고 점수를 매기기도 한다. 이날은 한 줄 평 대신 책 띠지를 만들었다. 한 줄 평은 아무래도 평가하는 분위기가 있지만 띠지 활동은 책 홍보를 목적으로 하기 때문에 책의 매력을 부각해서 보게 해준다. 그래서 평가보다는 카피 문구 같은 이 활동이 더 나은 경우가 있다. 완성한 띠지 문장을 봤을 때 토론자 대부분이 『봄봄』보다는 『동백꽃』에 더 매력을 느끼는 듯하다.

독서로 선행공부 해 볼까?

독서동아리 엄마들은 독서 모임에 탄력이 붙어감에 따라 욕심이 생기기 시작했다. 그래서 공부에도 도움이 되는 독서를 해볼까? 하는 사심이 가득해졌다. 독서와 공부가 동시에 되는 그런 책들이 생각보다 많았다.

국어사전을 찾아보니 선행(先行)이란 '딴 일에 앞서 행함, 또는 그런 행위'라고 정의하고 있다.

선행교육은 현재 자신이 배우는 교육과정보다 높은 상위 교육과정을 미리 배우고 준비함으로 학업성취 능력을 향상하는데 그 목표가 있다. 그렇다면 독서가 상위 과정을 준비하고 그 학업성취 능력을 향상시킬 수 있을까? 독서는 문해력을 높여 전반적인 학습 능력을 신장시킨다. 문해력은 단순히 글자를 읽는 것이 아니라 그 글에 담긴 의미를 이해하는 능력이다. 문해력이 낮으면 학습활동을 이해하는데 어려움이 생긴다. 이러한 중요한 문해력을 향상시키기 위해 독서가 꼭 필요하다.

독서는 국어 교과서에 실린 문학작품을 더 잘 이해할 수 있게 해준다. 중·고등학교 국어 교과서를 살펴보면 출판사별로 어느 정도 차이가 있지만, 기본적으로 다수의 문학작품이 수록되어 있다. 그런데 이 문학작품이 학생들에게는 무척 낯설고 어렵다. 중학교 국어 교과서의 경우 '춘향전' '홍길동전'과 같은 고전 소설, '동백꽃', '운수 좋은 날', '메밀꽃 필 무렵', '두근두근 내 인생'과 같은 근·현대 소설이 상당히 큰 비중을 차지한다. 유튜브와 게임과 같은 영상 매체에 익숙한 학생들은 일단 글자가 많은 글을 읽는 것 자체가 어렵다. 더 나아가 그 시대를 이해하는 방법을 배운 적이 없어 교과서에 실린 문학작품에 공감하는 것은 더욱 어렵다. 단지 시험을 위해 주제를 외우고, 형식을 외운다면 그것은 더는 우리 삶을 아름답게 하는 문학이 아니라 그냥 하얀 종이에 적힌 골치 아픈 글일 뿐이다.

그래서 독서로 선행공부가 필요한 것이다. 꾸준한 독서를 통해 학생들은 긴 지문을 읽는 것에 대한 부담을 떨칠 수 있다. 또한 시험을 위한 지문이 아니라 문학작품 자체에 대한 이해와 공감을 배울 수 있다.

난중일기

04 역사와 함께 읽기

난중일기는 이순신 장군이 임진왜란 동안 겪은 일을 실시간 기록한 일기이다. 난중일기 속 이순신은 위대한 장군이면서 동시에 가족을 걱정하는 한 사람의 아들이며 아버지였다.

독서토론 미리보기

연대표 만들기
핵심 단어 뽑기
나만의 리더십 찾기
한 줄 소감 말하기

연대표 만들기

　난중일기는 이순신 장군이 임진왜란 7년을 시간의 순서에 따라 일기 형식으로 기록한 책이다. 시간의 흐름에 따라 쓰인 글을 더 잘 이해하기 위해 연대표는 아주 좋은 도구가 될 수 있다. 난중일기 속 사건들을 연대표로 정리해보자. 이때 사건이란 전쟁과 관련된 것만 의미하는 것이 아니다. 이순신 장군이 쓴 일기에서 눈에 띄는 사건들을 그대로 적으면 된다.

1592	1593	1594	1595
임진일기	**계사일기**	**갑오일기**	**을미일기**
거북선 완성, 한산도 대첩	삼도수군 통제사, 아들 염이 아픔	어머니 만남, 의병과 함께 왜적 공격, 원균의 모함,	휴전 시를 읊음 둔전운영

1596	1597	1598
병신일기	**정유일기**	**병신일기**
전쟁 대비, 가뭄 심함, 도둑들이 일어남	감옥에 갇힘, 어머님 돌아가심, 다시 전쟁	노량 해전 (이순신 전사)

핵심 단어 뽑기

　난중일기 속에는 이순신의 인간적인 모습과 임진왜란을 승리로 이끈 명장의 모습이 함께 담겨있다. 인간 이순신과 장군 이순신의 모습을 잘 나타내는 핵심 단어를 뽑아보자. 특별한 형식은 주어지지 않는다. 자유롭게 종이 위에 쓰거나 마인드맵을 활동해도 좋다.

　인간 이순신과 장군 이순신을 나타내는 핵심 단어를 뽑았다면 이것을 바탕으로 내가 찾은 인간 이순신과 장군 이순신에 관해 이야기 나눠 본다.

인간 이순신과 장군 이순신을 나타내는 단어 쓰기

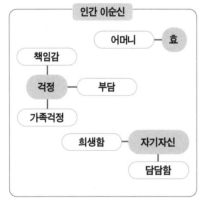
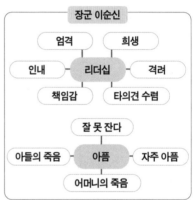

인간 이순신	장군 이순신
효, 가족, 어머니, 걱정, 희망, 불안	리더십, 격려, 책임감, 인내, 의지, 엄격

인간 이순신의 모습

동진: 이순신의 인간적인 모습을 나타내는 단어로 '어머니'를 떠올렸다. 이순신은 난중일기 중에 어머니에 대한 걱정을 많이 적어놓았는데 효심이 많아 보였다.

수현: 인간 이순신을 타나내는 말로 '불면증'을 뽑았다. 우리도 걱정이 많으면 잠을 잘 이루지 못하는데 이순신도 보통 사람들처럼 걱정이 많았던 것 같다.

은하: 나는 이순신의 인간 이순신을 나타내는 단어로 '아픔'을 뽑았다. 이순신 장군은 어머님의 죽음에 마음 아파했고, 아들의 죽음에 마음 아파했다. 그리고 자신도 몸이 자주 아프다고 일기에 적어 놓았다. 마음과 몸이 아프다는 건 인간적인 모습이라고 생각한다.

재율: 내가 뽑은 단어는 '불안'이다. 약속한 군사가 오지 않았을 때, 식량이 부족할 때 이순신은 불안해했다. 불안해하는 모습이 보통 인간처럼 보인다.

장군 이순신의 모습

은하: 장군 이순신을 나타내는 단어로 '엄격함'을 떠올렸다. 이순신은 군사 중에 잘못을 저지른 사람은 엄격하게 죄를 물었다. 또한 자신에게도 무척 엄격한 사람이었다. 그러한 엄격함이 있었기에 군대를 잘 이끌 수 있었을 것 같다.

수현: 장군 이순신의 모습에서 가장 먼저 떠오르는 단어는 '책임감'이다. 자신이 남쪽 바다를 지켜내야 한다는 책임감이 강했기 때문에 몸이 아픈 중에도 그 자리를 지킨 것 같다.

소희: 장군 이순신은 '의견 수렴' 뽑았습니다. 이순신은 다른 사람의 의견을 수렴하였는데 그래서 더 좋은 결정을 내릴 수 있었을 것이다.

재율: 장군 이순신을 나타내는 단어로 '인내'를 선택했다. 난중일기를 보면 이순신은 자주 어머님을 보러 가고 싶어 했고, 자주 몸이 아팠다. 그런데도 이순신은 장군으로서의 자리를 지켰다. 끝까지 장군의 자리를 지키는 모습에서 인내를 보았다.

나만의 리더십 찾기

임진왜란을 승리로 이끈 이순신의 자신만의 뛰어난 리더십으로 군대를 이끌었다. 용기, 솔선수범, 책임감, 결단력이 전쟁을 승리로 이끈 이순신의 리더십이라면 나는 어떤 리더십을 가지고 있을까? 나만이 가지고 있는 리더십을 찾아보자.

나의 리더십을 나타내는 단어 쓰기

아이들이 직접 쓴 단어는 다음과 같았다.

나의 리더십 소개하기

나의 리더십을 나타내는 단어를 활용하여 나의 리더십을 소개해 본다. 이때 사용하는 단어의 수는 제한하지 않았지만 대부분 아이들은 1개의 단어로 자신의 리더십을 소개하였다.

재율: 나의 리더십은 '재미'이다. 사람들은 재미있는 사람에게 마음을 열고 잘 따라주는 것 같다.

은하: 나의 리더십은 '책임과 의무'이다. 내가 해야 할 일을 책임감을 느끼고 하니까 다른 친구들도 나를 인정해주었다.

소희: 나의 리더십은 '배려'이다. 내가 먼저 배려해주면 상대방도 내 마음을 알아주었다.

수현: 리더십이 있으려면 '책임감'이 있어야 한다고 생각한다. 책임감 있게 행동해야 다른 사람도 믿고 따르기 때문이다. 나는 책임감이 있는 것 같아서 '책임감'를 나를 나타내는 리더십으로 뽑았다.

한 줄 소감 말하기

『난중일기』를 읽고 느낀 점을 '한 줄 소감 말하기'로 표현해 보는 활동은 책 전반에 대한 자신의 느낌을 부담 없이 말하는 데 좋은 방법이다. 보통 느낀 점을 말해보라고 하면 무슨 말을 해야 할지 몰라 부담스러워하는데 한 줄 소감은 일단 한 줄이라는 점에서 심적 부담이 줄어들게 된다.

> **동진**: 이순신과 같은 훌륭한 사람도 걱정하고 고민하는 모습이 인간적이었습니다.
>
> **재율**: 이순신의 일기를 보다 보니까 이순신이 어떤 마음으로 임진왜란을 겪었는지 알 것 같아요.
>
> **은하**: 난중일기를 통해 그 당시 전쟁 상황 뿐 아니라 일상적인 생활 모습도 볼수 있어 신기했습니다.
>
> **수현**: 책이 어려워서 읽을 때는 힘들었는데 막상 같이 토론해 보니 난중일기가 조금은 이해가 갔어요.

『난중일기』를 통해 인간 이순신을 만나다.

이 책은 엄마로서, 교사로서, 나이 마흔이 넘도록 몰랐던 이순신의 삶을 보게 하였다. 내 생각 속 이순신은 그저 위대한 영웅이었다. 우리나라의 수많은 이순신에 대한 영화나 이야기 속에서도 이순신은 영웅이었다. 열악한 군사들을 훈련시키고, 아무도 생각하지 못한 거북선을 만들어내고, 대군을 이끌고 온 일본 군사들을 바다에 격퇴하며, 명량해전에서는 바다의 물살을 이용한 놀라운 전략으로 승리를 이끄는 그런 대단한 존재.

"살려는 자는 죽을 것이고, 죽으려는 자는 살 것이다."

아직도 기억난다. 영화 〈명량〉에서 이순신 장군 역을 맡은 배우가 카리스마 넘치게 외치던 말을. 그래서 나는 이순신은 우리와는 다른 뭔가 위대한 천상계의 사람이라고 생각했었나 보다. 그렇게 강하니까 임진왜란에서 우리나라를 지킨 것이라고.

그러나 『난중일기』 속 이순신은 한 사람의 인간이었다. 멀리 떨어진 가족들을 걱정하며, 어머니를 그리워하는 모습. 군사들을 훈련시킬 때는 군량미를 걱정하기도 하고, 수많은 전투를 돌아보며 안도와 후회를 하기를 했다. 이순신은 종종 몸이 아파서 자리에 눕기도 했다. 이런 인간적인 모습이 있음에도 불구하고 이순신은 일어섰고, 군사를 이끌고 전투에 나갔으며 최선을 다해 승리를 이끌었다. 그래서 이순신이 더 위대하게 느껴진다.

『난중일기』에는 우리가 잘 알고 있는 한산도 대첩, 거북선, 명량해전과 같은 성공의 순간보다 일상에서 이순신 장군이 느끼고 겪은 일들이 더 많이 기록되어 있다. 왜 이순신 장군의 전투 순간보다 이런 일상을 기록한 것일까? 군사적인 전략으로만 사용하려면 오히려 전투나 진법 같은 것을 기록해야 할 텐데 말이다. 임진왜란 당시 이 일기를 쓰던 이순신의 마음을 생각해본다. 어쩌면 이렇게 일상의 일기를 기록하면서 자신을 돌아보고 마음을 다시금 다잡고 일어서려고 한 것일지도 모르겠다.

그래서 나는 위대한 영웅으로 그려진 이순신보다 『난중일기』 속 이순신에게 더 깊은 경외감을 느낀다.

몽실 언니

05 전쟁과 평화의 역사 읽기

'몽실언니'는 광복 직후인 1947년부터 현대까지의 대한민국이 배경이며 주인 공은 '몽실'이라는 절름발이 소녀이다. 이 책은 어린 소녀가 전쟁과 가난 속에 서 부모를 잃고 동생들을 돌보며 살아온 이야기로, 전쟁과 함께 일어난 사회 의 급격한 변화와 그 과정 속 어려운 삶을 살아내며 성장하는 과정을 그린 소 설로 드라마와 영화로 제작되기도 하였다.

독서토론 미리보기

표지 첫인상
독서퀴즈
등장인물 이해하기
한 걸음 더, 생각 넓히기

표지 첫인상

　서점에 가서 책을 고를 때 가장 먼저 보게 되는 것이 책 표지이다. 어른이 되어서는 책날개도 펴보고, 작가소개나 추천 글도 읽어보며 책을 고르지만, 아이들은 일단 표지에 큰 점수를 준다. 그래서 청소년소설이나 사춘기 성장소설에는 사춘기 감성을 사로잡는 감각적인 디자인으로 아이들의 눈길을 끄는 표지가 많다. 그래서 독서토론을 할 때 책 표지를 보고 시작하면 풍성한 이야기가 나오기도 한다.

　『몽실언니』의 책 표지는 동생을 업고 있는 단발머리 몽실이가 혼자 서있는 삽화가 전부이고, 글씨체도 예스럽기만 하다. 물론 오랫동안 필독도서, 추천도

서로 유명한 책이라는 것은 알고 있지만, 아이들에게 매력적인 첫인상은 아니었을 것이다. 책 표지를 보고 어떤 생각을 했는지 질문하며 읽은 소감을 물었다.

> **지윤**: 재미가 정말 없게 느껴졌다. 그런데 읽다 보니 생각보다 좋았으나 재미있지는 않았다. 주인공이 초등학생이라는 말이 너무 안 와닿는다. 몽실이의 인생을 그린 이야기, 너무 현실적인 결말이라 해피엔딩의 감동은 없었다. 안 넣어도 되는 장면을 길게 넣어 양이 많다.
>
> **재율**: 설명에 왜 희극이라고 했는데 왜 희극인지 모르겠고, 해피엔딩이라는 생각도 들지 않는다. '철수'라는 큰 글씨가 기억에 남았는데, 그림을 그린 사람 이름이라는 것을 나중에 알았다.
>
> **샤니**: 재미있을 것 같은 느낌은 아니었다. 옛날 책 표지가 좀... 우리가 많이 공감하기에는 어려운 내용이다.

예상했던 대답이다. 책 표지에 나온 예쁘지도, 슬프지도 않고 무얼 말하려는지 모르겠는 표지를 본 2008년생 아이들이 1941년에 태어난 몽실이가 7살부터 동생들을 돌보며 온갖 고생을 겪는 삶을 쉽게 이해하기는 어렵다.

---

tip.

이렇게 시대적, 역사적 배경이 다른 책으로 독서토론을 할 때는 사전활동으로 시대적 배경을 이해하는 영상이나 자료를 함께 보는 것이 도움이 된다. '몽실언니'는 드라마로 방송된 적이 있어 필요한 부분만 짧게 감상했다. 드라마나 영화의 경우 원작의 내용과 일부 달라지는 경우가 많아 활용 시 유의할 필요가 있다.

독서 퀴즈

『몽실언니』처럼 시대적 배경이 생소하고, 공간적 배경이 다양하며 인물마다 연결된 사건들이 많은 경우 아이들은 분량이 많고 내용이 복잡하다는 이유로 이미 책에 대한 흥미를 잃고 시작하기 쉽다. 이럴 때 독서퀴즈를 활용하면 책의 내용을 쉽게 정리할 수도 있고, 친구들과 함께 답을 찾으며 다시 흥미를 느끼도록 할 수도 있다.

퀴즈 문제는 어른이 만들어도 되고, 아이들이 각자 한 문제씩 만들어서 돌아가며 퀴즈를 하는 방법도 있다. 문제는 OX 퀴즈, 단답형, 객관식, 빈칸 채우기 등 다양한 형태로 만들 수 있고, 독서토론의 전,중,후 어느 때에도 유용하게 활용할 수 있다. 사춘기 아이들은 사소한 일에도 갑작스럽게 마음이 상할 수도 있으니 경쟁적으로 답을 찾는 분위기보다는 함께 협력해서 답을 찾는 분위기를 만드는 것이 좋다.

---

1. 몽실이는 다리를 심하게 다쳐 절름발이가 됩니다. 몽실이가 다친 다리는 (오른쪽/왼쪽)이다.

　　　　　　　　　　　　　　　　　정답: 왼쪽

2. 몽실이의 동생 이름인 난남이는 무슨 뜻일까?

　　　　　　　　　　　　정답: 난리통에 태어난 아이

3. 몽실이가 재혼한 친엄마인 밀양댁을 찾아간 곳은 살강이다.

　　　　　　　　　　　　　　정답: (×), 노루실

등장인물 이해하기

몽실이는 갑작스런 친엄마의 재혼으로 댓골에서 살기도 하고, 또 새엄마 북촌댁과 살게 되기도 한다. 이 과정에서 몽실이의 입장이나 생각은 전혀 필요하지 않다. 따지고 보면 몽실이도 사춘기였을 텐데, 아이들은 그 옛날 몽실이의 삶에 얼마나 공감할 수 있을까? 몽실이가 살았던 시대와 등장인물의 삶에 대해 어떻게 이해하고 있는지 생각을 나누고자 질문을 만들었다.

Q1 밀양댁은 형편이 나은 김씨와 재혼하기 위해 몽실이를 데리고 댓골로 간다. 김씨와 재혼한 밀양댁의 선택은 잘한 일일까?

재율: 절대 아니다. 가정이 화목하지 못했고, 싸움이 나서 결국 몽실이가 다쳤다. 당시 밀양댁은 나름대로 이유가 있었겠지만, 결과적으로 잘못된 선택이라고 생각한다.

지윤: 밀양댁 입장에서는 어쩔 수 없는 선택이었다. 자식을 굶기는 것보다 낫다고 생각했을 거다. 그리고 밀양댁도 몽실이를 학대할 줄 몰랐을 것이고 몽실이도 잠시나마 행복한 경험을 했기 때문에 나쁜

선택이라고 볼 수만은 없다.

사니: 그나마 나은 선택을 한 것으로 생각한다. 몽실이가 다칠 거라는 것을 알지 못했고, 몽실이를 먹여 살려야 한다는 것 때문에 한 선택이기 때문에 솔직히 좋다, 나쁘다 할 수 없다.

Q2 몽실이는 엄마의 재혼으로 댓골에서 살게 된다. 여러분이 몽실이라면 새아버지, 새할머니와 함께 살게 된 낯선 댓골에서 생활이 마음에 들었을까?

지윤: 처음에는 새아버지와 새할머니가 잘 해주셨기 때문에 마음에 들었을 것 같다. 물론 나중에 동생 영득이 태어난 후에는 식모처럼 일하긴 했지만, 집안일 정도는 할 수 있었을 것 같다. (기준: 가정의 화목)

재율: 좋았다. 어차피 매를 맞아야 한다면, 그래도 굶지 않는 부유한 집에서 사는 것이 나을 것 같다. (기준: 가정의 경제적 상황)

사니: 좋았을 것 같다. 엄마와 함께 살 수 있었기 때문이다. (기준: 주양육자)

아이들은 자식을 위해 재혼을 결심한 밀양댁의 입장과 몽실이가 낯선 환경에 적응하며 살게 된 상황을 각자 나름대로 이해하고 공감하고 있었다. 특히 Q2

에 대해서는 아이들마다 기준을 세우고 의견을 말하고 있어서 Q3으로 연결했다.

Q3 여러분이 만약 몽실이라면 누구와 살고 싶은지 기준을 정해 말해보자.

> 재율: 김씨와 밀양댁 집에서 살겠다. 이유: 밥이 최고야~(기준: 가정의 경제적 상황)
>
> 지윤: 정씨와 북촌댁. 이유: 차별받는 것은 싫기 때문이다.(기준: 공평한 대우)
>
> 사니: 잔소리를 없는 곳, 이유: 다른 사람한테 잔소리 듣기 싫어서, 안 듣는 곳으로 가고 싶다.(기준: 간섭 유무)

Q3은 자신만의 기준을 정하고 근거를 들어 의견을 말하는 활동이다. 나와 다른 의견과 근거를 듣고 말하는 것은 창의적이고 논리적인 사고를 하는 데 도움이 된다.

Q4 몽실언니의 친엄마는 밀양댁이지만, 몽실이는 오히려 새엄마인 북촌댁과 친모녀처럼 다정한 사이가 된다. 낳은 정과 기른 정 중 당신의 선택은?

> 재율: 기른 정이 더 크지 않을까? 함께 살아 온 시간이 많기 때문이다.
>
> 지윤&사니: 엄마 입장에서 낳은 정이 클 것 같다. 내 배에서 나온 아이가 다른 사람을 더 좋아하면 슬플 것이다. 나중에 이 부분을 더 다루어 보면 좋을 듯하다. 닭이 먼저냐, 달걀이 먼저냐의 문제가 아닐까?
>
> 재율: 조류의 형태가 우선이므로 닭이 먼저다.
>
> 지윤&사니: 야, 그만해~!

Q4는 성별에 따라 선택이 나누어졌고, 아이들은 유쾌한 말장난으로 수다를 이어갔다. 독서토론으로 하며 몽실언니에 나왔던 재혼, 이혼, 부모의 죽음, 체벌, 학대와 같은 묵직한 이야기를 다루었지만, 셋 중 누구의 얼굴도 그늘지지 않아서 한편으로 안심이 되었다. 부부싸움을 하는 부모님의 모습을 보며 자란 아이는 언제든 한쪽 부모가 떠날지 모른다는 불안감을 가지고 살아간다는 글을 본 적이 있다. 토론에서 누군가에 민감할 수 있는 내용을 다룰 때는 아이들의 눈빛이 흔들리지는 않는지, 혹시라도 상처를 받는 사람이 없는지 꼭 살펴보아야 한다.

한 걸음 더, 생각 넓히기

『몽실언니』는 전쟁으로 어려운 상황 속에서도 동생을 지키며 꿋꿋하게 살아내는 역사 속 청소년 '몽실언니'의 성장 이야기라고 할 수 있다. 전쟁이 일어나지 않았다면 몽실이의 삶은 어땠을지, 세계 유일의 분단국가인 우리나라의 통일에 관해 아이들은 어떻게 생각하는지 질문해보았다.

> 지윤: 전쟁은 우리나라 뿐 아니라 세계 어디에서
> 도 일어나서는 안 되는 일이라고 생각한다.

몽실이도 어쩌면 친부모님과 함께 행복하게 살았을 텐데…. 통일이 되는 것은 기본적으로 찬성하지만, 문화적 차이를 많이 극복해야 할 것 같다. 통일보다는 아예 전쟁을 하지 않았다면 몽실이도 행복했을 텐데….

재율: 전쟁이 일어나지 않았더라면 몽실이도 지금 우리들처럼 평범한 삶을 살았을 것 같다. 내가 현재의 한국에 태어나 살고 있어서 엄청 다행이라는 생각이 들었다. 통일은 찬성하지만, 억지로 통일할 수는 없다. 학교에서도 친구들이 싸웠을 때 선생님이 억지로 화해시키기 힘들다. 하지만 통일이 되면 북한의 값싼 노동력과 자원, 남쪽의 기술로 부자나라가 될 수 있다.

사니: 전쟁은 당연히 나쁘다. 하지만 지금 상태에서 갑자기 하나로 통일이 된다는 것은 더 어려운 일인 것 같다. 너무 오랫동안 분단되어 있었기 때문에 여러 가지 고려할 점이 많고 어쩌면 더 갈등이 생길 것 같다. 통일의 장점은 남쪽은 기술이 발전하고, 북한의 자원이 많다는 것은 인정한다.

당연히 전쟁 반대, 통일 찬성으로 결론이 날 줄 알았는데, 아이들은 '통일'의 중요성보다는 서로 다름을 인정하는 '평화'의 가치를 더 중요하게 말하고 있었다. 이런 게 바로 세대 차이인가? 부모는 '통일교육' 세대, 아이들은 '평화교육' 세대인가 보다.

서로 다른 세대임을 쿨하게 인정하며, 안전하고 평화로운 한국에서 훌륭한 부모님과 함께 살고 있음을 감사하게 여기라는 말 대신에, 다른 사람의 생각도 인정하고 존중하는 평화의 가치를 집에서도 좀 실천하라는 말로 에둘러 잔소리를 했다. '평화' 이야기가 나온 김에 평화교육을 위한 추천 도서를 함께 검색하며 활동을 마무리했다.

평화교육을 위한 추천 도서

수난이대 /하근찬, 일신서적	**외나무다리를 통해 새로운 삶으로** 일본군에 의해 팔을 하나 잃은 만도와 한국전쟁으로 한쪽 다리를 잃은 진수의 이야기를 그리고 있다. 이 책은 만도와 그의 아들에 걸친 2대의 불행을 개인에 국한시키지 않고 우리 민족 전제의 역사적 비극으로 담아내고 있다. 외나무다리 장면은 이러한 역사적 비극을 치유하는 장면으로 어려움을 극복하고 새로운 삶을 향하여 걸어가는 인간의 의지를 보여주고 있다. 이는 고통스러운 현실 속에서도 서로 의지하며 살아간다면 이를 극복할 수 있다는 작가의 주제를 드러내는 것이다.
나는 초콜릿을 달콤함을 모릅니다 /타라 설리번, 푸른숲주니어	**달콤하고 씁쓸한 초콜릿에 숨겨진 비밀** 이 책은 세 명의 소년 소녀가 카카오 농장을 탈출해 벌이는 열흘간의 모험을 통해 어린이 청소년 강제 노동의 실태를 생생하게 묘사하고 파헤친다. 가난한 농장에는 돈이 적게 드는 노동자가 필요하고, 이 와중에 어린아이들이 납치되는 잔혹한 만행이 반복된다. 저자는 이 작품에서 인신매매·강제노동·굶주림·폭행으로 점철된 현대판 노예의 삶을 그리고, 그들의 삶이 어떻게 지구 반대편 우리의 풍요로운 삶과 관계를 맺고 있는지 우리에게 보여준다.

**평화,
당연하지 않은
이야기
/정주진, 디자인**

청소년을 위한 평화 교과서

"난 평화에 반대해!"라고 말하는 사람은 없다. 그런데 우리는 평화에 대해 제대로 알고 있을까? 전쟁이 없으면 평화로운 세상일까? 아니다. 평화의 반대는 폭력이다. 전쟁처럼 눈에 보이는 폭력뿐만 아니라 눈에 보이지 않는 폭력까지 모두 사라져야 평화로운 세상이 된다.

이 책은 우리가 일상에서 다른 사람들에게 폭력을 가하는 순간, 내가 폭력의 피해자이면서 인식하지 못했던 순간들에 대해 알려 준다. 그렇게 폭력에 민감해질수록 우리는 평화로운 세상에 한 발 더 다가가게 된다.

청소년을 위한 역사란 무엇인가?

06 비판적 사고 연습

E.H.카 『역사란 무엇인가』의 청소년 버전이다. 동서양 역사의 흐름을 한 눈에 볼 수 있다. 원전에는 없는 우리나라 역사학을 자세히 소개해 자긍심이 돋는 책이다. 불확실성의 시대에 살아갈 힘을 주고 싶을 때 또는 비판적 사고의 힘을 길러주고 싶을 때 권하고 싶다.

독서토론 미리보기

역사의 의미 찾기
의미 있는 역사적 사건 찾기
다양한 역사가와 역사책 소개하기

역사의 의미 찾기

독서토론에 참여하는 다섯 명 중 한 명이 역사학자를 꿈꾸고, 다른 두 명도 역사에 큰 애정이 있음을 늘 말하던 아이들이다. 어쩌면 이 책은 한 번쯤은 넘어가야 할 산과 같은 책일지도 모르겠다. 청소년 버전 말고 일반 단행본으로 읽을까도 고민했으나, 욕심이 과하면 낭패가 되는 법.

오늘 독서토론의 도구는 허니컴보드이다. 생각을 발표하기 전에 자기 생각을 간단히 정리하고 다른 사람과의 시간 차이도 지켜주는 허니컴보드를 활용해 본다.

Q 역사란 무엇이라고 생각하나요?

소희: 과거의 이야기

사니: 과거와 현재의 연결길

재율: 현재와 과거를 비추는 거울이다

수현: 똑같은 실수를 반복하지 않기 위해 알고 있는 우리 민족의 과거 이야기

동진: 어제의 우리와 오늘의 우리의 이야기의 총집합

의미 있는 역사적 사건 찾기

토론자들은 크게 고민하지 않고 자기 생각을 바로 발표했다. 세 명의 토론자에서 '이야기'라는 말이 나왔다. 또 다른 공통점은 '현재와 과거'라는 말도 눈에 뜨인다.

첫 번째 질문과 대답을 마치고 1, 2부를 5명이 돌아가면서 책 내용을 발췌했다. 책이 주는 묵직한 무게감에 욕심 없이 1, 2부만 토론하기로 했다. 이런 방식은 책을 이미 다 읽어왔음에도 자신과 다른 부분을 중요하게 여겨 발췌할 수도 있고, 책 내용을 다시 상기할 수 있어 지식적인 부분이 필요한 책에는 적합한 방법이라 하겠다. 1부의 역사란 무엇인가와 2부 역사를 어떻게 바라볼 것인가를 요약 발표 후 두 번째 질문으로 들어갔다.

Q1 의미 있는 역사적 사건을 찾아볼까?

사니: 대한제국은 을사늑약으로 외교권을 박탈당하며 일본에게 내정을 장악당했다. 을사늑약은 일제 강점기라는 큰 고난의 시발점이자 나라의 무력함이 적나라하게 드러난 사건으로 역사적으로 기억에 남는다.

소희: 4학년 때 강화도로 체험학습을 가서 신미양요와 관련된 유적을 보게 되었다. 사회책에서 보던 걸 직접 보니깐 신미양요가 더욱 의미 있었다.

재율: 안중근 의사의 하얼빈 의거는 가장 유명하고 또 익숙한 독립운동가시고 그분이 하셨던 의거 중 가장 유명한 의거로서 상징성이 있다. 또 작년에 〈영웅〉이라는 뮤지컬을 봤는데 그래서 더 기억에 남는다.

> **동진:** 영정조의 탕평책은 정치를 안정시키는 동시
> 에 불필요한 국력의 낭비를 막았다. 조선사
> 회의 르네상스는 정조시대 규장각 설립을
> 비롯하여 문무를 가리지 않는 문화 정책확
> 대를 말한다. 이 시기에는 유교 사회임에도
> 틀에 갇히지 않고 세상의 흐름에 발맞춰 변
> 화하고자 노력한 것이 의미가 있다.

저마다 자신만의 역사적 사건을 이야기했다. 한 명
만 조선의 르네상스를 말하고, 나머지 4명의 토론자
는 국권 상실의 어려움을 의미 있게 받아들이고 있었
다. 이후 꼬리 질문으로 왜 역사를 공부해야 하는지
를 물었다.

공부의 필요성도 자신의 역사적 의미 있는 사건과
결부되어 있다. 을사늑약을 의미 있게 찾은 토론자
는 무시당하지 않기 위해서 역사 공부를 한다고 하였
다. 안중근 의사의 하얼빈 의거를 찾은 토론자는 같
은 실수를 반복하지 않기 위해서라고 했다.

Q2 우리는 왜 역사를 공부해야 할까?

> **소희:** 역사는 과거를 일깨워주고 미래로 갈 수 있
> 게 해주기 때문이다.
> **샤니:** 우리나라가 다시 무시당하지 않기 위해서

재율: 같은 실수를 반복하지 않게 과거를 알고 미래를 내다보기 위해서

동진: 현재는 결국 역사와 과거가 모여 이룬 순간이므로

서기: 역사를 잊은 민족에게 미래는 없다. 신채호 선생님 말씀처럼

다양한 역사가와 역사책 소개하기

4부에 나오는 역사가와 역사책은 어른 진행자가 가져와서 보여주며 흥미를 유발하고자 했다. 마지막 토론 발제를 마치고 읽어보고 싶은 역사책을 한 권씩 골라서 다음 주까지 읽어오기로 했다. 준비한 책 중 두 권이 만화책이다. 숙제라고는 했지만 누가 가져갔는지 확인하지는 않았다. 이번 독서토론 도서인 『청소년을 위한 역사란 무엇인가?』를 읽고 역사에 관심이 생겼다면 된 거지 꼭 그 숙제를 확인할 필요는 없다.

불확실성의 시대, 왜 역사를 알아야 할까?

불확실성의 시대란 변화가 극심하여 미래를 예측할 수 없는 상태의 시대, 흔히 현대 사회를 이른다. 우리는 코로나19를 3년 거치면서 한 치 앞을 예측하기 힘든 시기를 경험했다. 마스크 대란이 일어났고, 학교는 문을 닫고, 원격으로 수업을 했다. 생전 처음 겪는 펜데믹에 모든 것이 낯설고 두려웠다. 그때, 우리 아이들도 사춘기의 파도를 넘고 있었다. 청소년 시기의 불확실성(흔히 사춘기)과 자신들의 진로와 미래에 대해 고민이 많았다.

아이들에게 주고 싶은 나침반

독서동아리 엄마들은 불확실한 시대의 아이들에게 나침반을 전해주고 싶었다. 시대의 어려움 속에서 한 줄기 빛처럼 빛나는 영웅들의 이야기가 눈에 들어왔다. 우리가 영웅이라고 부르는 그들은 고난의 시기를 어떻게 헤쳐나갔을까? 한 치 앞이 보이지 않을 때, 뭐 하나 손에 잡히지 않을 때, 과거의 역사를 뒤돌아보고, 선조들의 지혜를 통해 살아갈 힘을, 가야 할 방향성을 찾아보자고 했다. 역사를 통해 선조들이 걸어온 길에 질문을 하고 기존에 것을 비추어 미래를 탐색할 수 있으리라는 기대를 품었다. 역사 안에서 교훈을 찾자. 현명한 선택은 그것을 따라 하게 할 것이고, 잘못된 판단은 그런 시행착오를 거치지 않으면 된다.

역사의식이 필요한 이유

국권을 상실했던 시기 독립운동을 하던 사람들은 역사를 통해 민족혼을 되살리고, 애국심을 고취했다. 거꾸로 일제 식민 통치자들은 자신들의 입맛에 맞는 '황국신민'으로 길러내기 위해 우리 역사 교육을 금지시키고, 자신들의 입맛에 맞게 역사를 왜곡했다. 그들이 역사 교육을 금지시키고 탄압을 일삼았던 그 이유가 우리가 역사를 배워야 하고, 역사의식을 갖고 살아가야만 하는 이유가 아닐까?

대화와 소통으로
이어주는
책 한 걸음

사춘기 자녀, 입도 닫고 방문도 닫고 본격적인 사춘기가 시작되는 자녀,
어느 순간 말수도 적어지고 방문을 꽉 닫아 자기 방에서 나오려 하지 않는다.
오랜만에 대화라는 것을 하면 꼭 싸움으로 이어진다.
이때 사춘기 자녀의 마음을 책을 통해 헤아려보자.
<부모-자식> 이라는 소통의 구조가 <부모- 책 -자녀>의 삼각구조로
화될 때 자녀는 책 속 인물인 제 3자를 통해 자신의 마음을 들여다보고 말로 표현한다.
"내가 주인공이라면 어떤 선택을 했을까?" "그 때 등장 인물의 마음은 어땠을까?" 등의
책 속 인물에 대한 질문을 이용하여 토론을 해보자.
비슷한 고민을 가진 사춘기 자녀가 등장하는 소설을 권장한다.
또는 사춘기에 해 볼 만한 고민이나 가치관 정립, 세상을 바라보는
안목 기르기 등 여러 내면적 활동에 도움이 될 책을 권하고 싶다.

페인트

01 역지사지의 독서토론

소설 『페인트』는 제12회 창비청소년문학상을 수상한 작품으로, 국가에서 센터를 설립하여 아이를 돌보는 양육 공동체가 현실화된 미래 사회를 배경으로 한다. 청소년들이 부모를 직접 면접한 후 선택하는 색다른 상황을 그려내며 좋은 부모와 가족의 의미를 청소년의 시각에서 생각해보도록 하는 작품이다.

독서토론 미리보기

문제 인식과 과학적 사고
출산과 관련된 시대별 표어
추상적 개념 구체화하기
역지사지(易地思之): 내가 부모라면

수·과학적 사고력을 키우기 위하여 다음과 같이 활동을 하였다. 과학적 사고과정은 자연계에서 일어나는 사실을 흥미와 호기심을 가지고 관찰하면서 문제를 인식하는 것에서 출발한다. 문제인식은 과학적 사고과정의 출발점으로 가장 창의력을 요구하는 과정이다. '출산과 관련된 시대별 홍보 표어를 보며 사회·문화적 배경 알기', '소설 속의 배경이 되는 사회·문화적 상황 파악하기' 활동으로 문제를 인식하도록 하는 과학적 사고과정을 경험하도록 하였다. 물론 소설 『페인트』에서의 상황이 자연 현상은 아니지만, 문제를 인식하면서 충분히 과학적 사고과정을 경험하도록 하였다.

과학적 사고에서 분류나 가설 검증을 위하여 조작적인 정의를 하는 것은 매우 중요하다. 조작적 정의란 추상적인 개념을 경험적으로 측정할 수 있도록 구체화한 정의를 말한다. 이번 '부모 면접 평가 기준 세우기' 등의 활동을 통하여 조작적 정의를 하도록 하였다.

문제 인식과 과학적 사고

출산과 관련된 시대별 홍보 표어를 살펴보며 사회·문화적 배경을 파악하고 이로부터 인구문제의 변화와 심각성을 깨닫는 문제 인식 과정을 경험하도록 하였다. 또한 인구문제에 관한 인식을 바탕으로 바람직한 미래의 모습을 그려 보도록 하는 기회를 제공할 수 있다.

출산과 관련된 시대별 표어

시대	시대별 표어
1960년대	덮어 놓고 낳다 보면 거지꼴을 못 면한다 많이 낳아 고생 말고 적게 낳아 잘 키우자
1970년대	딸 아들 구별 말고 둘만 낳아 잘 기르자 앞선 가족계획, 십 년 앞선 생활안정
1980년대	잘 키운 딸 하나 열 아들 안 부럽다 하나씩만 낳아도 삼천리는 초만원 둘도 많다 하나 낳고 알뜰살뜰
1990년대	아들 바람 부모 세대 짝꿍 없는 우리 세대 엄마 건강, 아가 건강, 적게 낳아 밝은 생활
2000년대	아빠! 혼자는 싫어요, 엄마! 저도 동생을 갖고 싶어요 자녀에게 가장 좋은 선물은 동생입니다
미래	?

출처: 홍승아, "시대별 표어로 살펴본 우리나라 출산정책", 「click 경제교육」, 2014년 12월 1일

Q1 1960~2000년대까지 표어에 담긴 내용을 보고 그
시대의 사회·문화적 상황을 말해보자.

재율: 과거엔 아이들이 너무 많아 문제였다면, 현
대에 가까워질수록 저출산으로 인한 사회적
문제가 대두되고 있는 것 같다.

지윤: 그 당시에는 지금처럼 초저출산 사회가 될
것은 상상치도 못하고 낸 해결 방안이었을
테니, 지금 사회와 대비되어 참 안타까운 느
낌이 든다.

사니: 같은 출산 문제인데 상황에 따라 다른 내용
의 표어가 흥미롭다. 과거에는 아이들이 많
아 문제였는데 현재로 오면서 출산율이 감
소해 문제가 되는 것 같다.

Q2 미래의 상황은 어떻게 될까 생각해보자. 그에 맞는
표어를 만들어보자.

재율: 새로 태어나는 아이들의 수가 매우 적어 학
교가 매우 축소되는 등의 문제가 일어날 것
이다. 시골 사회가 감소하고 도시로 몰려 인
구 밀집도가 급증할 것이다. 부모들의 사회,
경제적 부담을 줄어들 수 있게 하고, 결혼 장
려 정책을 확대해야 한다.

지윤: 초저출산 사회가 지속됨에 따라 청, 장년층이
줄어들어 노동 가능 인구가 고갈될 것이다.

> **사니:** 저출산의 원인이 되는 다른 문제들을 해결하지 못한다면 저출산 문제가 더욱 심화해 노동력 부족, 경기 침체 등의 문제가 심각해질 것 같다.

표어 만들기

급격한 인구 절벽, 모두 떨어지기 전에 한 명이라도 더!
일하는 사람이 없는 사회, 결코 방임해서는 안 돼요!!
태어나는 별들이 많을수록 밤하늘은 아름다워집니다.

물음에 답한 내용을 토대로 자녀들의 생각을 살펴보면 각자 표현 방식은 다르지만, 시대별로 출산율에 대한 문제를 가지고 있다는 시대 상황을 추리하였고, 현재 심각한 출산율 감소 문제를 인식하였다. 이어 과거부터 현재까지 흐름을 토대로 미래 상황을 예상해 볼 수 있도록 하여 과학적 사고 과정을 경험하였다.

아이들 모두 미래에 저출산 문제가 더욱 심화하리라 예상하였으며 그에 맞는 대책이 필요하다 판단하였다. 또한 인구 감소의 문제 인식을 바탕으로 홍보 표어를 만들어보며 국가 차원의 대책 마련의 필요성이 있다는 의견에 동의하였다.

우리는 어린이 학대, 방치, 폭력과 같은 이야기를 접할 때 분노와 불쾌함을 느낀다. 기사에 달린 댓글에서 '부모 자격이 없는 사람이 아이를 낳다니……', '자격 있는 부모만이 아이를 낳아야 한다.'라는 주장이 많은 동의를 받는 것으로 보인다.

만약 자격 부여 시스템이 있다면 어떨까요? 그렇다면 자격을 부여하는 주체는 누가 될까요? 자격을 부여하는 주체는 어린이 자신들이어야 할지도 모른다는 상상으로 작가는 글을 썼다고 한 것을 본 적이 있다.

  소설 『페인트』에서는 국가에서 센터를 설립하여 아이를 돌보는 양육 공동체가 현실화된 사회가 배경이다. 이러한 배경이 되는 사회·문화적 상황에 대해 추론해 보며 이러한 상황을 배경으로 한 이유를 생각해 볼 수 있다. 작가가 NC센터 아이들은 어떤 부모를 좋은 부모라 여기는지에 이야기해 보았다.

Q3 소설 속 배경이 되는 사회·문화적 상황을 이야기해 보자.

재율: 현재보다 저출산 상황이 더 심화한 형태임. 출산율이 급격히 감소해 국가에서 출산을 담당하는 기관을 조직할 수밖에 없는 사회임.

지윤: 소설 속 배경은 아동학대를 하거나 아이를 잘 키우지 못해서 국가가 대신 아이를 키워주는 사회이다. 머지않은 미래에 충분히 가능한 일이라고 생각했다. 이러한 문제를 해결해야 한다는 생각이 든다.

샤니: 아이를 어떻게 키워야 하는지를 잘 모르고 아이를 낳거나 키우기를 꺼려 해 대신 낳은 아이를 키워주는 사회이다. 아이를 제대로

돌보지 못해 국가에서 대신 키워주는 상황이 안타깝지만 어쩔 수 없을 것 같다.

Q4 NC센터 설립목적은 저출산을 막기 위한 정부의 대책이다. 입소 대상은 부모가 원치 않는 아이이다. NC센터가 저출산을 막기 위하여 필요하다고 생각하는가?

재율: 필요하다. 뭐 아이를 키우기 어렵거나 학대받는 아이들이 지낼 곳은 필요하기 때문에.

지윤: 아이를 버릴 수는 없지 않나. 딱히 갈데 없는 아이를 키워주는 곳이니 필요하다고 생각하지만 저출생을 막지는 못할 것 같다.

샤니: 아이를 돌보지 못하는 사람은 영원히 아이를 돌볼 기회를 갖지 못하는 문제가 있다고 생각한다. 필요하다고 생각하지만 NC센터가 있다고 해서 출산을 할 것 같진 않다. 좀 더 다른 방안이 필요할 것 같다.

Q5 내가 NC 센터의 아이라면 어떤 부모를 만나고 싶어 할지를 생각하여 예비 부모가 갖춰야 할 자격을 말해보자.

재율: 아이들의 마음에서 생각하여, 하고 싶은 것과 해야 할 것을 조율할 수 있는 사람. 다른 미덕도 중요하지만, 가장 중요한 것은 책임감.

지윤: 자식이 필요로 할 때 나서줄 수 있고 뒤에서 격려해야 할 때 뒤로 물러 나줄 수 있는 부모. 다른 사람을 진정하고 건강하게 사랑할 수 있는 능력.

샤니: 절대로 나를 버리지 않는 부모. 자식에게 이유 없는 사랑을 줄 수

있는 사람. 자식을 올바른 방향으로 나아갈
수 있도록 도와줄 수 있는 사람.

　소설 속 내용을 토대로 하면 아이들 모두 현재보다
소설 속 상황이 아이를 키우기 어려운 상황이라 추리
하였다. 이러한 소설 속 상황을 안타깝지만 어쩔 수
없는 것 같고, 이에 대한 대책으로 NC센터가 있어야
할 것이라고 하였다. 하지만 저출산 문제를 해결할
방안으로는 부족하다와 보다 적극적인 해결방안이
필요하다는 의견을 보였다.

　NC 센터의 아이라면 아이를 사랑하고 자식을 버
리지 않고 책임질 수 있는 부모 등의 의견이 나왔다.
예비 부모가 갖추어야 자격으로 진정으로 사랑할 줄
아는 사람이라고 하였고 그 외 책임감, 자식들을 격
려하고 도와줄 수 있는 사람이라 하였다.

추상적 개념 구체화 하기

소설 제목 '페인트'는 부모를 뜻하는 'Parents'와 면접을 뜻하는 'Interview' 를 결합한 단어로, 소설 속 아이들이 부모를 면접하는 것을 의미하는 'Parents' Interview'를 대신하여 사용하는 은어이다. 소설 속 여러 인물이 던지는 물음은 가족 중심사회를 살아가는 우리에게 결코 가볍지 않다.

"우리를 낳은 부모님은 사랑이 있었어?"
"사실 나는 엄마한테서 상처를 많이 받았거든."
"대부분의 아이들이 가족한테서 가장 크게 상처를 받잖아."

소설 속 NC센터 아이가 되어 '페인트' 즉 부모면접을 한다고 하였을 때, 직접 부모 평가 기준을 세워보며 좋은 부모는 어떤 부모인지 생각해보도록 하였다.

수·과학적 사고를 위한 활동으로 자녀가 세운 추상적인 평가 기준 중 하나를 선택하여 검증 가능한 형태로 조작적 정의하도록 하는 활동으로 추상적 개념을 구체화하도록 하였다.

Q 내가 소설 속 NC센터 아이로 'Parents' Interview'를
   하려고 한다. 평가 기준을 세워보고 그러한 기준을
   세운 이유를 설명해 보자.

재율: 나를 입양한 후 버리지 않을 책임감, 적당한
   재력, 나와 맞는 성격. 책임감은 개인적으로
   가장 중요하다고 생각해서, 재력은 생활을
   영위하는데 필요해서, 성격은 같은 가정에
   서 살아야 하는데 성격이 맞지 않으면 피곤
   할 것 같아서

지윤: 그 많은 아이들 중에서 왜 나를 입양하고 싶
   은지, 자식을 키울만한 가정 형편이 되는지,
   나를 입양하고 나서 가장 자주 함께하고 싶
   은 일이 무엇인지, 자식에게 얼마나 자유를
   주는지 가족이 될 사이니까 나와의 관계에
   대한 것을 묻고 어쨌든 살아야 하니까 내가
   그 가정에 들어가도 안정적이여야 하고, 또
   자식에게도 자기가 결정할 수 있고 맘대로
   할 수 있는 자유가 주어져야 하니까

사나: 얼마나 사람을 사랑할 수 있는지, 책임감, 얘
   기가 통하는지, 자식을 귀찮게 하지 않는지
   그래야 나를 버리지 않고 끝까지 키울 것 같
   아서

위에서 답한 평가 기준 중 하나를 선택하고, 그
기준을 측정할 수 있도록 구체화해보았다.

〈표1〉 자녀별 선택한 평가 기준을 보다 구체화 된 평가 기준으로 바꾸는 과정

자녀	선택한 평가 기준	선택한 평가 기준이 구체화 되는 과정	
		과정1	과정 2
재율	책임감과 신뢰	약속을 잘 지킨다.	→ 약속 이행률이 80% 이상이다.
		입양 후 나를 버리지 않는다.	→ 입양 후 내가 20세가 되기 전까지 파양하지 않는다.
지윤	나에게 자유를 준다.	휴대폰 사용을 맘껏 하게 한다.	→ 하루에 한 시간 이상 휴대폰을 사용하게 한다.
		휴대폰 데이터를 추가해 준다.	→ 한 달에 500Mb씩 두 번 이상 데이터를 추가해 준다.
		얘기하기 싫은 것은 묻지 않는다.	→ 부모님께서 어떤 얘기를 물어봤을 때, 얘기하고 싶지 않다고 표현하면 더 이상 묻지 않는 횟수가 하루에 한 번을 넘지 않는다.
사니	사랑한다. (자식을 귀찮게 하지 않는다.)	방문을 함부로 열지 않는다.	→ 노크 없이 방문을 여는 횟수가 하루에 1번 이하이다.
		밥 먹으라고 적당히 부른다.	→ 매 끼니 밥 먹으라고 부르는 횟수가 2번 이하이다.

활동에서 아이들은 스스로 평가 기준을 세워보았다. 처음 세운 평가 기준은 '책임감', '자식을 키울만한 가정 형편' 등 추상적인 형태이다. 이러한 추상적인 형태는 검증하기가 어렵다. 아이들에게 "책임감이란 구체적으로 무엇이지?", "책임감이 있다는 것을 어떻게 측정하지?", "측정 가능하도록 하려면 좀 더 구체적이어 하는데, 그러면, 어떻게 기준을 바꿔야 할까?" 등의 질문을 던져 기준을 보다 구체적인 형태로 바꾸었다. 하나의 사례로 A가 선택한 평가 기준은 '책임감과 신뢰'였다. 이를 좀 더 구체화하여 '약

속을 하면 잘 지킨다.'를 하나의 평가 기준으로 하여 평가 기준을 변경하였고 '약속 이행률이 80% 이상이다.'로 좀 더 구체화 되었다.

〈표1〉은 아이들이 선택한 평가 기준과 그 평가 기준이 구체화 되는 과정을 나타낸 것이다. 과정1에서 과정2를 거치면서 보다 구체화하였고 비로소 과정 2의 수준이 되어야 검증 가능한 형태가 되었다. 구체화 시키는 과정에서 다소 우스꽝스러운 표현도 나오고 구체적으로 정의하는데 미흡한 면도 많았다. 하지만 추상적인 개념을 검증 가능한 형태로 변화시키며 수·과학적 사고 과정을 경험하게 하는 것으로 충분했다.

아이들과 활동은 하지 않았지만, 과정 2에 그치지 않고 다음 과정으로 평가 점수까지 고려하여 평가 기준을 제시할 수 있다. 〈표2〉는 평가 점수를 고려하여 제시한 평가 기준 예시이다.

〈표2〉 평가 점수를 고려하여 제시한 평가 기준 예시

평가 기준	조작적 정의가 가능한 구체화 된 평가 기준	평가 점수
책임감과 신뢰 (약속을 하면 잘 지킨다.)	약속 이행률이 80% 이상이다.	15점
	약속 이행률이 50% 이상 80% 미만이다.	10점
	약속 이행률이 30% 이상 50% 미만이다.	5점
	약속 이행률이 300% 미만이다.	0점

역지사지(易地思之): 내가 부모라면

  이번 활동은 역으로 '내가 부모가 되어 자녀를 선택한다면' 이라는 질문을 던져 부모의 입장이 되어 자녀를 바라보는 기회를 제공하였다. 자녀가 바라는 부모의 모습과 부모가 바라는 자녀의 모습이 다름을 확인하고 그 간극을 발견하도록 하였다. 부모, 자녀를 선택할 수 없는 현실에서 부모와 자녀는 어떻게 관계해야 고민하는 기회를 제공하고, 또한 좋은 부모, 좋은 자녀를 생각해보고 바른 관계 맺음을 아이들의 시각에서 깨달을 수 있기를 바라며 질문을 던졌다.

Q1 내가 부모가 되어 자녀를 고를 수 있다면 어떤 자녀를 고르고 싶을까? 그 이유는 무엇인가?

> **재율**: 나와 잘 맞고, 주변에 악영향을 끼치지 않는 아이, 이유는 아이 같은 가정에서 생활해야 하는데 나와 맞지 않으면 힘들어서, 주변에 악영향을 끼치면 나도 힘들어서
> **지윤**: 주변에 선한 영향력을 끼칠 수 있는 아이 내 아이가 훗날 사회로 나갔을 때 주변으로부터 '좋은 사람'이라는 평가를 받았으면 좋겠다. 나도 기쁠 것 같다.
> **샤니**: 장점과 단점이 뚜렷한 아이 내가 미래를 위해 지원해야 할 때 쉬울 것 같아서

Q2 자녀가 원하는 부모와 부모가 원하는 자녀가 꼭 맞아떨어지기는 어렵다. 이러한 상황에서 가족 간의 행복을 위해서 우리는 무엇을 해야 할까?

재율: 서로의 입장에서 배려하고 다시 생각하는 것, 서로 힘든 것이 있으면 바로바로 털어놓는 소통

지윤: 말하지 않아도 서로가 처한 상황을 어느 정도 헤아릴 수 있을 만큼 깊은 유대감

사니: 부모님과 자녀가 서로 원하는 바가 차이가 나는 것을 새삼스레 깨달음.

아이들 모두 서로의 관점에서 마음을 헤아리고 배려하는 것이 필요하다는 공통된 의견을 보였다. 물음에 답하는 과정에서 아이들은 자연스럽게 부모가 바라는 자녀와 자녀가 바라는 부모 사이의 간극이 있음을 스스로 확인하고 그 간극을 줄이기 위해 노력이 필요하다는 것을 깨달았다. 어떤 마음가짐을 가지고 어떻게 관계 맺음을 해야 하는지 고민해 보는 기회가 된 것이다.

이러한 활동은 부모-자녀 간의 관계 맺음에 그치지 않고 나아가 교사-학생, 친구 간, 동료 간 등 다양한 관계에 적용하여 볼 수 있다. 서로의 입장이 되어 바른 관계 맺음을 위해 어떻게 해야 하는지를 고민해 볼 수 있다.

『페인트』라는 소설을 통하여 첫 번째는 사회 문화적 상황의 이해, 그리고 두 번째는 바른 관계 맺음에 대해 생각해보는 기회였다. 특히, 우리 삶에는 건강하고 건전한 관계 맺음이 중요한데, 가족, 친구, 동료, 교사, 학생 등 다양한 관계가 우리 삶을 더 풍요롭게 만들고, 사회적인 연결을 형성하고 있기 때문이다.

나 자신을 돌아보고 상대방이 되는 시간

이번 토론에서 아이들은 부모가 갖춰야 할 자격으로 자녀를 진정으로 사랑할 줄 알아야 한다는 것 그리고 서로의 입장에서 마음을 헤아리고 배려해야 한다고 하였다. 그렇다면 부모인 나는 얼마나 그러하였는가?

아이가 어렸을 때는 그저 건강하게만 자랐으면 하고 바랐는데, 최근 내가 바라본 나는 우리 아이가 남들보다 똑똑하고 공부를 잘 했으면, 예의 바르고 착했으면 등 바라는 것이 많은 부모였다.

어쩌면 내가 내 자녀의 나이였을 때 했어야 하거나 하고 싶었지만 하지 못한 것이 아쉬워 사랑이라는 이름으로 포장하여 자녀에게 압력을 행사해 온 것일 수 있겠다는 반성에 빠지게 하였다.

이번 독서활동은 나를 자녀와 자연스럽게 연결해 주는 매개체 역할을 하였다. 책을 빌어 자녀의 감정이나 생각을 말하며 서로에게 전달하였다. 자신의 감정이나 생각을 나누는 것은 좋은 관계가 유지되도록 해주었다. 자녀와 돈독한 관계를 위한 매개체로서 독서활동을 누린 것 같아 감사하다.

아Q정전

02 사회적 시선으로 읽기

1921년 중국 대표작가 루쉰이 쓴 소설이다. 기괴하면서 안쓰럽기까지 한 못난 주인공 '아Q'라는 인물의 인생을 통해 20세기 초반 주도적이지 못했던 중국인들의 노예근성과 시대변화에 적응하지 못하는 답답한 상황을 비판하고자 한 작품이다.
세상의 변화를 정확히 인지하고 비판적으로 받아들이기 위해서는 늘 깨어있어야 한다는 루쉰의 사상이 녹아 있는 작품이다.

독서토론 미리보기

인물 설명서 작성하기
주인공 '아Q'를 한마디로 표현하기
결정적 장면으로 '작가의 의도' 읽기
최근 사회 이슈와 작품 연결하기

인물 설명서 작성하기

참가자 모두가 이 작품을 어려워했다. 책 내용 전체를 어려워하기보다는 아Q라는 인물의 성격을 받아들이기 버거웠던 것 같다. 아이들의 나이와 경험을 고려하면 기괴하리만큼 특이한 아Q를 있는 그대로 수용하기는 어려운 상황이라고 여겨졌다. 하지만 이 작품은 주인공의 특성을 이해하는 게 무엇보다 우선이므로 이럴 땐 쉬운 활동부터 시작하는 게 좋다. 그래서 선택한 것이 아Q의 인물설명서 작성하기이다.

1. 정신 승리 레벨이 수준급이다.
2. 간혹 스스로 민폐 캐릭터라고 생각한다.
3. 때로는 자신이 비겁하다고 느끼는 경우도 있다.
4. 솔직히 강자에 약하고 약자에게 강한 면을 보이기도 한다.
5. 남들에게 동경받기 원하고, 이성보다 감성이 앞설 때도 있다.
6. 이따금 생각을 깊게 하지 않고 행동하는 때가 있어서 주위의 비난을 산다.
7. 현재에 만족하지 않으면서도 변화에 대한 의지도 딱히 없어 무력해지는 순간이 있다.

첫 번째 인물설명서 작성하기를 끝낸 다음 이어서 꼬리 질문을 추가해 보았다. 이번 독서토론 주제에 가까워지기 위한 성찰적 질문이기도 하다. 본인들이 작성한 아Q의 인물설명서가 '나 설명서'라고 가정하고 다시 살펴보게 했다.

Q 그렇다면 나에게도 아Q와 같은 모습이 보입니까?

대부분 어른조차 이 질문에서 자유롭기 힘들 것이다. 물론 토론자들 역시 자신도 아Q와 비슷한 부분이 있다고 인정했다. 아Q와 같은 삶을 사는 사람은 의외로 적지 않을 것 같다. 이 작품과 함께 잠시라도 깨어있는 삶을 살아가 보자고 강조하며 다음 활동으로 이어갔다.

이렇듯 인문 고전을 독서토론 도서로 다루다 보면 어렵게만 느껴지는 작품을 만나기도 한다. 그럴수록 혼자보다 함께 읽기를 권한다. 혼자는 어려워 포기하게 되지만 같이 읽으면 한결 가볍게 다가설 수 있고 끝까지 갈 수 있다.

주인공 '아Q'를 한마디로 표현하기

앞선 활동에서 다 함께 공동으로 인물설명서를 완성했으므로 두 번째 활동에서는 각자가 떠올리는 아Q에 대한 인상을 확인해보았다. 무엇보다 특정 장면이 아닌 작품 전체를 통해 자신이 느낀 아Q의 이미지에 집중하도록 안내했다.

> **소희**: 결국 마지막 죽음이 너무 허무하군!
>
> **동진**: 아Q 이놈.. 나와 상당히 닮은 구석이 있어.
>
> **재율**: 참 기괴한 사람이군! 이해하기 힘든 캐릭터야.
>
> **수현**: 말로만 듣던 정신승리의 결정체가 따로 없지 뭐야.
>
> **은하**: 작가가 당시를 비판하기 위해 작심하고 설정한 인물 같아.

자녀들이 떠올린 아Q의 인상은 대략 이러했다. 각자의 표현이 조금씩 달랐지만 대체로 아주 억지스럽고 독특해서 안쓰럽기까지 한 주인공 아Q가 눈앞에 그려졌나 보다. 한편으로 주인공의 캐릭터가 워낙 강렬해서 잘못하다가는 '정신승리'라는 말만 기억에 남을까 걱정되었다. 또한 작가가 심어놓은 등장인물들 저마다의 행동적 특성을 놓치기 쉽겠다는 우려가 생겼다.

그래서 주인공 아Q라는 인물뿐 아니라 동네 사람들의 그릇된 행동에 대해서도 따져보고, 지금의 우리에게 대입해봐야겠다고 판단했다. 그래야 책 읽기가 마침내 우리 삶으로 들어오게 된다. 역시나 고전의 가치는 단순한 내용 파악으로는 부족하다. 작품의 교훈을 현대인의 시선으로 해석하여 오늘날에 적용했을 때 또다시 새로운 가치를 발견할 수 있다. 그런 면에서 고전의 존재는 여전히 의미 있고 빛난다.

결정적 장면으로 '작가의 의도' 읽기

이 작품에는 한 가지 특별한 점이 있다. 주인공 아Q가 저지르는 사건과 그에 따른 의식의 흐름을 따라가다 보면 내가 아Q가 된 것처럼 한심하고 갑갑하게 느껴진다는 사실이다. 이 불편함을 온전히 느끼고, 불편하게 느껴지는 이유에 대해 고민할 기회를 주기 위해 다음 활동을 구상해 봤다.

우선 아Q가 경험하는 사건 중 두 가지 결정적 장면을 준다. 그 장면에 대해 작가의 입장이 되어 생각해보는 시간을 가져봤다.

결정적 장면, 하나
아Q가 성에 갔다 성공해서 동네로 돌아왔을 때

> **동진:** 동네 사람들은 아Q를 무조건 유죄라고 몰아세우는 것으로도 모자라 총살형은 볼거리가 없다고 불평까지 한다. 즉 사람이 생각하지 않으면 결국 진실 따위에는 관심이 사라지게 되고, 그저 자극적인 재미와 가짜 소문만 쫓으며 마구 휩쓸리게 된다는 것을 말하고자 한 것 같다.
>
> **재율:** 그리고 가만 보면 이런 어리석은 모습은 요즘 현대인들의 모습과도 매우 흡사하다는 사실이 그저 놀라울 뿐이다.

동네 사람들의 행태가 현대인의 행동 방식과 매우 유사함을 깨달을 수 있는데 지금으로부터 거의 100년 전 작품이라는 점이 더욱 충격을 준다.

결정적 장면 뽑기는 학생들이 즉석에서 하기 어려울 수 있으니 어른의 개입과 준비가 조금은 필요하다. 이것이 숙달되면 학생도 얼마든지 해당 작품의 결정적 장면을 직관적으로 뽑아낼 수 있다. 이 역시 꾸준히 읽은 사람이 갖는 힘이다.

결정적 장면, 둘
비구니를 놀리고 우어멈을 농락하는 행동을 할 때

> 수현: 콤플렉스에 잔뜩 찌든 본인의 모습을 애써 감추고 회피하려고 더 이상한 짓을 한다는 느낌의 에피소드 같다. 작가는 아Q를 정말 찌질하게 표현하고 싶었나 보다.
>
> 은하: 또 철저하게 강자에는 약하고, 약자에는 강한 아Q의 특성을 통해 그 시대 사람들이 반성할 부분을 드러낸 것 아닐까?

두 번째 결정적 장면을 해석해 보면서 자녀들은 아Q의 실체를 더욱 가까이 들여다보게 되었다. 그리고 수업 초반에 주인공에게 느꼈던 기괴함은 어느새 줄어들고, 아Q의 진짜 문제점에 집중해 가고 있었다. 마침내 인간이라면 모두 지니고 있는 못난 구석을 아Q에게서 발견하는 순간, 자연스럽게 자기 자신을 돌아보았을 것이다.

최근 사회 이슈와 작품 연결하기

이제 우리가 살고 있는 지금 이 세계로 생각을 좀 더 확장시켜 보기로 했다. 2021년 1월 당시 기준으로 최근 논란이 된 사회적 이슈를 하나씩 말해보기로 했다.

수현: 유명한 유튜버들의 뒷광고 논란
은하: 정인이 사건으로 본 요즘 아동학대의 심각성
재율: 미국 백인 경찰의 흑인 탄압 사건과 그에 따른 흑인폭동
동진: 트럼프 대통령이 행한 미성숙한 정치 태도와 핵가방 사건

이러한 사건들을 접했을 때 자신은 어떻게 행동했는지 잠시 생각해보도록 했다. 이미 학교에서 비판적 사고의 중요성과 가치를 충분히 배웠지만, 일상에서는 편협된 사고와 치우친 판단을 하는 경우가 매우 흔했다. 그래서 이번에는 요즘 청소년들이 흔히 저지르는 '아Q스러운 행동방식'이란 무엇인지 의견을 모아보았다.

재율: 근거 없는 유언비어나 가짜 소문 퍼뜨리기 (아니면 말고 식으로)
소희: 유튜브 볼 때 자극적인 내용이나 보고 싶은 영상만 골라 보기
수현: 뉴스로 보도되는 내용이면 그냥 생각 없이 무조건 수용하기
동진: 치우친 생각을 가지고 성급히 혐오하기 (남녀, 인종, 종교, 국가 등)
은하: 자기 주관 없이 다수의 의견 쪽으로 편승한 다음 자기합리화하기

이렇게 정리해보니 우리가 늘 비판적으로 생각해야만 하는 이유가 확실해졌다.

떠들썩한 사건이 아니더라도 주변에서 일어나는 크고 작은 일들에 대해 나는 어떤 태도로 접근했는지 돌아보자는 말에 모두 동의하며 마무리했다. 잘못하다가는 100년이나 지난 지금의 우리가 아Q정전 2편의 주인공이 될지 모르니까.

고전: 나를 깨우는 책, 나를 깨어있게 하는 책

오늘도 익숙한 대로 생각하고, 애써 변화를 거부하는 우리의 모습은 1920년대의 아Q와 꽤 닮았다. 사형장에 나와 구경하듯 기웃거리며 근거 없는 말에 살까지 붙여 퍼뜨리는 동네 사람들. 가짜 소문을 숙덕이는 그들의 민낯이 현재의 우리와 절대 다르지 않다고 루쉰은 아Q정전의 모든 행간을 빌려 말하고 있다. 오래된 작품 속 문장들이 깨어나 현재 내 삶의 궤적을 돌아보게 한다. 바로 고전이기 때문이다.

그렇다면 고전의 힘은 무엇일까?

시대적 배경도 오래되어 낡게 느껴지고, 등장인물이나 사건도 유일무이한 것도 아닌데 꼭 고전을 읽어야 하는 걸까? 자녀들과 독서토론을 시작하며 실제로 혼자 품었던 질문이기도 하다.

'우리는 왜 고전을 읽어야 하는가?'

누구나 인생을 살아가면서 선택의 순간을 맞이한다. 비슷한 매력도의 여러 선택지 사이에서 고민할 때도 있고, 간혹 답이 없어 보이는 문제의 출구를 찾느라 고통스러울 때도 많다. 청소년기부터 본격적으로 열리는 다양한 선택의 고민은 20대를 지나 결혼과 출산을 거치며 최고조에 달한다.

그러나 육아가 시작되면 그동안의 고민은 아무것도 아니라는 사실을 뼈저리게 느끼게 된다. 내 아이의 온전한 인생을 좌우한다는 막중한 책임감, 그 심리적 압박은 말로 다 표현할 수 없을 정도다. 어느덧 자녀가 청소년기에 이르게 되면, 스스로 선택하고 책임지는 훈련이 꼭 필요해진다. 이제 부터 부모의 고민은 더욱 깊어 간다.

좋은 부모란 중요한 순간에 자녀가 최선의 결정을 내리도록 돕는 부모일까? 아니면 자녀가 혼자 감당하며 시행착오를 겪도록 두는 쪽이 더 나은 선택일까? 때로는 잠시 판단을 늦추고 전체를 조망하라고 조언해야 할까? 그보다는 신중하되 너무 오래 고민하지 않는 쪽이 확률적으로 더 괜찮은 선택이라고 말해줄까?

부모 역시 끊임없이 생각하고, 결정을 번복하기도 하며, 늦은 밤까지 고민을 이어간다.

인생의 중요한 결정을 내릴 때는 세 가지를 기억하기 권한다.

첫째, 모든 최종 선택은 나 스스로 감당해야 할 몫이다.

둘째, 문제의 본질을 꿰뚫는 통찰력의 눈이 있어야만 후회가 적다.

셋째, 어떤 선택이든 좋은 면과 나쁜 면이 동시에 존재함을 잊지 말자.

이렇게 정리하면 결정하는 일이 별일 아닌 것처럼 느껴지지만, 실제로는 무언가를 선택하고 판단하는 일이란 매번 몹시 어려운 과제이다. 그래서 바로 고전이 필요하다. 고전 특유의 복잡한 인물 관계와 거듭되는 갈등 상황에 빠져들면 간접적으로 가치 판단을 연습할 수 있다. 『베니스의 상인』에서 친구를 도와주는 주인공의 상황을 보며 '친구를 돕는다면 어느 정도까지 돕는 것이 옳을까?'에 대해 토론한 적이 있다. 조지 오웰의 『동물농장』을 읽고는 '지도자가 갖는 권리와 의무의 적정선은 어디까지인가? (윤리적 잣대와 현실적 잣대로 구분해서 토론해보자.)'에 대해서도 생각을 나눠 봤다. 이런 생각할 거리는 고전 작품에서 얼마든지 다양하게 뽑아낼 수 있다. 인생의 길목에서 만나는 수많은 가치 판단은 오롯이 본인의 몫인데, 고전을 읽다 보면 가지각색의 가치 판단 상황을 자연스럽게 연습하기 마련이다.

또한 고전 작품을 읽다 보면 나와 타인과 세상에 대해 통찰하게 되는 순간을 마주할 수 있다. 통찰이란 단순한 생각에만 머물러서는 얻을 수 없는 능력인데, 고전 작품 속 인물의 난해한 성격을 이해하려는 노력은 공감 능력과 생각하는 힘을 키워 통찰력에 이르게 도와준다. 또 작품 속 극적인 갈등을 대신 겪어보는 경험은 건전하고 강인하면서도 입체적인 삶의 태도를 갖게 한다. 그럼으로써 서로 다른 영역의 경험과 가치를 연결할 줄 알게 하고, 그것을 밑거름 삼아 자신만의 생각을 정립하게 해준다. 고전을 통해 비로소 생각하는 인간의 태도를 얻는다고 해도 과언이 아닐 것이다.

자녀가 고전 읽기를 거듭할수록 외부 요인에 휩쓸리거나 갈팡질팡하지 않는 정신적 자립의 단계에 이르게 될 것이라 확신한다. '바다는 비에 젖지 않는다.'라는 말처럼 내면의 진정한 성장을 이룬 사람은 언제나 자신을 바로 세우는 힘이 있고, 넘치는 포용력으로 세상을 따뜻하게 바라본다. 그래서 고전은 나를 깨우는 책인 동시에 깨어있게 하는 책이다.

데미안

03 아이들이 주도하는 독서토론

평범한 소년 싱클레어는 친구들 사이에 끼고 싶어 도둑질을 했다는 거짓말을 한다. 이후 이 사실이 거짓말임을 안 크로머에게 협박을 당하고 빚을 지는 등 어두운 유년기를 보낸다. 그러던 어느 날, 그의 학교에 '데미안'이라는 이름의 전학생이 온다. 데미안을 만난 후 싱클레어의 생각과 삶이 어떻게 변화하는지가 깊이 있게 그려진 작품이다.

독서토론 미리보기

작가의 시대적 상황 이해하기
책 내용에 대한 나의 생각 정하기
문장의 의미 재해석하기
나에게 데미안과 같은 존재

작가의 시대적 상황 이해하기

헤르만 헤세는 책을 출판할 당시 주인공의 이름인 '에밀 싱클레어'라는 가명을 사용했다. 그는 이미 유명한 작가여서 실명으로 책을 냈어도 충분히 인정받을 만한 책인데, 가짜 이름을 사용한 이유가 무엇인지에 의문이 들었다.

Q 작가가 가명으로 책을 출판한 까닭은 무엇일까?

지윤: 그 당시 1차 세계 대전 중과 후에 헤르만 헤세는 그의 관념 때문에 비난을 받았는데, 그 분위기 속에서 제 신변을 보호하면서 자신의 책이 하나의 작품으로 평가받길 원한 것 같다.

재율: 책의 내용 중 당시에 불경하게 여겨질 만한 내용들(성경에 나오는 카인과 아벨 구절 등)이 적혀 있어서, 혹은 작가 자신의 명성이 아닌 순수한 책 하나의 평만을 듣고 싶어서라고 생각한다.

사니: 당시 헤르만 헤세가 유명한 작가였다는 점을 보아 그의 이름으로 책을 내고 객관적으로 필력을 평가받는 데에는 한계가 있었을 것이다. 이 때문에 가명으로 책을 써 그 책의 객관적인 평을 듣고 싶었던 것 같다.

이 질문에 토론자들은 대체적으로 '자신의 신분을 숨기고 싶었다.'는 공통적인 의견이 나왔다. 그리고 실제로 작가에 대해 검색해 본 결과, 책이 담고 있는 주제가 제1차 세계 대전 이후 비난받기 쉬운 주제였다고 한다. 그렇기에 당시에는 본명으로 책을 낼 수 없었고, 이후 책이 인기를 끌며 나중에는 본명으로 발간하였다고 한다. 사회적 분위기 때문에 어쩔 수 없이 가명을 쓴 것이라고 하지만 그것 또한 좋았다고 생각한다. 힘들었을 주제인데, 가명으로라도 출판하는 것은 상당히 용기 있는 결정이라 놀랐다.

개인적으로는 당시 사회적 분위기를 떠나서 책이 1인칭 주인공 시점으로 서술되었기 때문에 작가 이름과 주인공 이름이 동일한 것이 좀 더 몰입감이 있어서 좋았다.

책 내용에 대한 나의 생각 정하기

책에서 싱클레어는 친구들의 무리에 어울리지 못하는 것을 두려워하여 자신이 대단한 도둑인 척하며 과수원에서 사과를 훔쳤다고 거짓말을 한다. 무리 중 한 명인 크로머는 이를 빌미로 싱클레어에게 2마르크를 내놓으라고 협박을 하고, 싱클레어는 2마르크를 구하기 위해 도둑질을 시작하는 등의 시련을 겪게 되었다. 만약 내가 비슷한 상황에 처했다면 어떻게 행동할 것이냐고 질문했다.

Q1 잘못을 저지른 상대가 내가 비도덕적인 행동을 하도록 만든다면 어떻게 할 것인가?

> **지윤:** 이행할 것이다. 어쩌면 타인에게 잘못을 저지른 것부터가 딱히 도덕적이라고는 볼 수 없지 않나.
>
> **재율:** 내 잘못이 비도덕적인 것으로 가릴 수 없을 만큼 중대한 실책이 아니라면, 주변인에게 솔직히 말하고 도움을 요청할 것이다.
>
> **사니:** 잘못한 것은 맞기에 일단은 따른다. 다만 내가 한 잘못, 그 이상의 것을 요구한다면 할 생각은 없다.

토론 결과 성격이나 성향에 따라서 의견이 갈렸다. 그냥 아무 말 없이 따르는 것을 선택하는 사람이 있는 반면, 바로 주변에 도움을 요청하는 사람이 있다. 나라면 그냥 따르는 걸 선택했을 것이다. 나에게 더 이상의 권력이 없기 때문이다. 아마 책 속 싱클레어도 그렇게 생각한 것 같다. 불공정하다고 생각하지만, 나에게 선택권은 없으니까.

Q2 카인과 아벨의 이야기에서, 카인은 정말 나쁜 사람이 아니었을까?

> **지윤:** 이유는 있으니 매우 나쁜 사람이라고 단정 지을 수는 없지만, 일단
> 남을 죽였는데 딱히 정상적이라고도 볼 수 없다.
>
> **재율:** 카인이 아예 악인이라고 볼 수는 없다. 다른 관점에서 본다면 카인
> 은 질투라는 감정에 휘말려 우발적으로 살해했을 뿐인 부정적이
> 든, 긍정적이든 지극히 인간적인 사람 같다.
>
> **샤니:** 사람을 죽인 것은 엄연히 잘못된 일이라 '나쁜 사람'이라는 칭호는
> 뗄 수 없겠지만, 그렇다고 무턱대고 욕할 수는 없는 인물 같다.

책 내용을 보면, '카인'에 대한 싱클레어와 데미안의 대조적인 생각이 드
러난다. 성경 속 '카인'은 하느님이 동생 아벨의 제물은 받았지만 자신의
제물은 받아주지 않았다는 이유로 아벨을 죽이고 세상을 떠돌게 된 인물
이다. 싱클레어는 성경에 기록된 그대로 카인에 대해 생각하는 반면 데미
안은 카인은 아주 멋있는 사람이고 그를 무서워하는 겁쟁이들이 이야기
가 꾸며진 것이라고 하였다.

토론 결과 싱클레어의 입장에 좀 더 공감하는 의견이 많았지만, 사실 데
미안의 생각이든 싱클레어의 생각이든 둘 다 어느 정도 납득 가능한 주장
이라고 생각한다. 어느 의견이 맞다, 틀리다를 판단하는 것이 아니라 세상
을 다른 시각으로 보는 것의 중요성을 알려주는 데미안의 메시지가 아닐
가 싶다.

문장의 의미 재해석하기

Q '새는 알에서 나오려고 투쟁한다. 알은 세계다. 태어
  나려는 자는 한 세계를 깨트려야 한다.' 라는 문구가
  의미하는 것은 무엇이라 생각하는가?

> 지윤: '태어나려는 자'라는 말은 단순히 생을 시작
> 하는 게 아니라 어떤 진리를 깨닫는 것으로
> 보인다. 따라서 진리를 찾으려면 자신의 세
> 계를 깨뜨리고 바깥의 다른 세계까지 이해
> 해야 한다는 뜻 같다.
>
> 재율: 말 그대로, '새로이 성장하고 탄생하는 이는
> 세계를 깨야 할 정도로 기존의 관념을 깨야
> 한다'는 말이라 생각한다.
>
> 사니: 알 속은 자신 혼자만이 존재하는 세상이고,
> 진정한 사람이 되기 위해서는 나만의 세상
> 속에서 벗어나 더 넓은 세상을 바라보며 나
> 아가야 한다는 의미인 것 같다.

　『데미안』 하면 떠오르는 가장 대표적인 구절이다.
책 자체가 수준이 높은 책이라 이 문장의 의미를 깊
게 이해하는 건 어려웠다. 하지만 '한 세계를 깬다' 라
는 의미는 기존에 내가 갇혀 있던 고정관념, 틀어박
힌 세상을 깬다는 의미라고 친구들도 공통적으로 생
각한 것으로 보아 비슷한 의미일 것이라고 추측된

다. 아마 데미안은 이러한 내용의 문구를 보내면서 싱클레어가 진정으로 '세상 밖'으로 나올 수 있길 바라지 않았을까 싶다.

나에게 데미안과 같은 존재

Q 자신에게 데미안 같은 존재가 있는가? 만약 있다면 누구, 혹은 무엇인가?

지윤: 절친한 친구가 있다. 그 아이는 내가 고민 속에서 방황할 때마다 적절한 해결책을 알려주곤 한다.

재율: 내 형. 도움을 요청하면 나타나서 답만을 알려주지 않고 해결해 나갈 실마리를 알려 준다.

사니: 딱 생각나는 사람은 없는 것 같다. 그러나 인생을 살면서 한 명쯤은 생기지 않을까 싶다.

데미안은 싱클레어가 힘들고 지칠 때, 위로나 조언 등을 해주며 버팀목이 되어주었다. 그가 한층 더 성장할 수 있도록 말이다. 어렸을 때는 데미안이라는 인물이 너무 완벽하다고 생각하여 우리 주변에서 찾아보기 힘든 사람, 혹은 상상 속의 이미지를 떠올렸다. 하지만 지금 보면 데미안까지는 아닐지라도, 내 주변에는 날 일으켜 주고 도와주었던 사람은 참 많았다. 부모님, 친구들뿐만 아니라 친해진지 얼마 안 된 사람들 중에서도 '데미안'과 비슷한 아우라가 느껴지는 사람들이 있었다. 만약 나만의 '데미안'을 아직 찾지 못했어도 상관없다. 보이지 않는 곳에서는 그는 우리를 도와줄 것이고, 언젠가는 그 모습을 드러낼지도 모르니까 말이다.

죽이고 싶은 아이

04 청소년이 읽는 청소년 소설

"내가 죽인 거 아니에요. 그날 서은이를 학교로 불러냈고 그 애는 내게 잘못을 빌었고 나는 매우 화를 냈지만, 내가 죽인 기억은 없다고요."

주인공인 주연과 서은은 둘도 없는 단짝 친구다. 두 사람이 크게 다툰 어느 날, 학교에서 서은이 시체로 발견되었고, 주연은 가장 유력한 용의자가 된다. 하지만 주연은 그날의 일이 도무지 기억나지 않는다. 이야기는 주연과 서은에 대해 증언하는 인터뷰와 주변 인물의 이야기가 교차되어 전개되며 반전에 반전을 거듭한다. 진실은 무엇일까?

독서토론 미리보기

등장인물 이해하기
주인공이 되어 생각해보기
한줄 평
이꽃님 작가의 다른 책들

등장인물 이해하기

　주인공 지주연은 사건 당시 기억이 전혀 없는 상태에서 경찰 조사를 받는데 이때 상당히 억울해하는 반응을 보인다. 나는 그런 지주연이 조금 우습다는 생각이 들었다. 지주연에 대한 친구들의 생각이 궁금했다.

Q 지주연은 살인사건 용의자가 된 것에 대해 억울해하는 모습을 보인다. 다들 어떻게 생각해?

지윤: 본인 딴에는 기억이 없다고 억울하다고 주장할 수도 있겠지만, 사실관계를 떠나서 봐도 지주연은 서은의 죽음에서 자유롭다고 볼 수는 없다. 물론 억울한 부분도 있을 수 있겠지만 스스로 억울하다고 주장하는 모습은 양심이 없는 사람처럼 보였다.

재율: 처음 보았을 때는 악인형 주인공이라고 생각했다. 하지만 나쁜 인물이라고 해서 억울해도 되는 것은 아닐 것이다. 그렇지만 지주연이 의심할 만한 일은 저지른 것도 맞다. 결국 오묘한 인물이라고 생각했다.

사니: 여러 증거들을 보면 아예 무죄라고 할 수는 없다. 하지만 전체적인 상황을 보았을 때는 본인 스스로는 억울한 마음이 들 수도 있다고 생각한다.

나와 같은 의견(지윤)도 있었지만, 지주연의 입장을 이해하는 의견(사니)도 있었다. 지주연이 사건 당시에 관해 기억이 없는 상태였기 때문에 자기가 하는 말이 거짓말인지 진실인지도 판단할 수 없어 이런 의견 차이가 생긴 것 같다. 나는 '지주연이 억울해하는 것은 말이 안된다'는 단호한 입장이었지만, 친구들의 의견을 듣고 난 후 '지주연이 억울할 수도 있다'는 입장에도 어느 정도 동의할 수 있게 되었다.

주인공이 되어 생각해보기

책을 읽는 내내 지주연의 곤란한 상황을 보며 가슴이 답답했다. 주변 사람들의 인터뷰가 하나씩 나올 때마다 드러나는 진실들이 너무나 현실적이었고, 지주연과 서은의 숨막히는 감정들이 책을 읽은 후에도 계속 생각이 날 정도였다. 만약 내가 지주연이라면 가짜 뉴스가 진실이 되는 상황에서 어떻게 '나'를 지킬 수 있을까 하는 생각이 들었다.

Q 내가 지주연이라면, 사건 당시의 기억이 전혀 없는 상태에서 어떻게 결백을 증명할 수 있을까?

지윤: 나라면 서은과 친했던 시절의 추억을 어필했을 것 같다. 둘이 한때 친했던 것만은 사실이고 서로에게 필요한 관계였기 때문에 그런 감정적인 부분을 호소하는 것 말고는 별달리 억울함을 증명할 방법이 떠오르지 않는다.

재율: 아마도 무죄 추정의 원칙을 주장했을 것 같다. 최면 수사도 있고, 거짓말탐지기도 있으니 할 수 있는 방법은 모두 한다고 했을 것이

다. 정말 내가 범인이라고 해도 해도 내 기억이 떠올라야 받아들이고 인정할 수 있지 않을까?

사니: 지주연 같은 상황이 되면, 솔직히 말해서 다 관두고 포기할 것 같다. 그동안의 추억이고 뭐고 친구가 죽었고, 그 자리에서 나의 지문이 나왔고, 나는 기억이 없다면, 그런 상황만으로도 나는 견디기 어려울 것 같다.

'지주연'이 되어 나의 결백을 증명하기 위한 방법을 찾아 보았다. 지윤이는 사실관계를 중심으로, 재율이는 제도적인 방법을 동원해서 지주연의 편을 들었고, 사니는 지주연의 감정에 충실한 답변이었다. 거짓이 진실이 되고, 믿고 싶은 대로 믿어버리는 상황에서 나는 어떻게 행동할지 생각해 보게 되었다.

한줄 평

Q 책을 읽고 난 생각이나 느낌을 한줄 평으로 표현해 봅시다.

> **지윤**: 청소년 사이 믿음과 갈등을 충격적인 반전으로 풀어냈다. 내년이면 고등학생이 되는데 그때 다시 읽어보면 감회가 새로울 것 같다.
>
> **재율**: 책을 읽을수록 반전이 가미되어 흥미진진해졌다가, 마지막에 와서 살짝 김이 빠진 책이다. 그렇지만 사회적인 이슈와 관련해 많은 생각을 하게끔 만드는 책이다.
>
> **사니**: 결말을 예측할 수 없어 추측하는 재미가 있었지만 마지막에 다 깨진 책이다. 그렇다고 아예 빌드업이 없는 건 아니라서 이 점이 오히려 좋았다.

한 소녀의 죽음이라는 이야기는 결코 평범하다고 할 수 없지만, 이 책은 보고 싶은 것만 보고 듣고 싶은 말만 듣는 사람들로 가득한 사회적 분위기가 한 개인에게 얼마나 잔인할 수 있는지 보여주는 것 같다. 요즘은 연예인이나 유명 셀럽이 아닌 평범한 사람들도 SNS와 같은 매체에 의해 드러나게 된다. 작품 속 주인공인 지주연만 해도 살인사건 용의자로 체포되는 순간 주변 사람뿐 아니라 모르는 사람들에게도 많은 비난을 받는다. 그게 정말 진실인지는 책에 나와 있지만, 사실 진실 여부는 별로 중요하지 않다. 우리가 사는 사회에서 진실이 중요한 게 아니라 사람들이 믿는 것이 중요하기 때문이다. 그래서인지 책을 읽는 동안 내내 서늘한 기분이 들었는데, 생각하지 못한 반전 결말로 다리에 힘이 풀렸다. 그동안 읽었던 이꽃님 작가의 전작들은 주로 따뜻하면서 감동적인 내용이었는데 『죽이고 싶은 아이』의 분위기는 그런 감정과는 거리가 멀어 더 인상 깊었던 책이다.

이꽃님 작가의 다른 책들

『세계를 건너 너에게 갈게』

평생 만나보지 못한, 죽은 엄마에게 전해진 편지, 해피엔딩이라고 하긴 어렵지만, 아름답게 슬픈 모녀의 이야기다.

『행운이 너에게 다가오는 중』

'행운'이 주시하는 네 명의 청소년의 이야기, 진정한 행운은 힘들 때 온기를 나눌 수 있는 친구를 만나는 것이다.

스스로
성장하는
책 한 걸음

독서토론 우리가 하는 게 더 재밌어! 코로나19는 일상의 모든 것을 변화시켰다.
독서토론 모임의 형태도 그러하다.
함께 모이기가 어려워 독서토론을 온라인으로 해야만 했다.
처음 온라인 독서토론을 한 후 아이들의 반응은 미온적이었다.
혼잣말 같아 재미도 없고 부모님들 얼굴이 화면에 계속 보여 부담스럽다고도 했다.
"그럼 어떻게 하면 즐겁게 독서토론을 할 수 있을까?"
그 답으로 자녀가 스스로 독서토론을 준비하고 이끌어가는 진행자가 되는
방법을 선택하였다. 아이들이 잘 이끌어나갈 수 있을지 걱정이 되었지만
어느 덧 3년차에 접어들어 토론 참여태도나 진행 방법 등은
안정적인 궤도에 올랐기에 믿음이 가는 부분이 있기도 했다.
반신반의하는 마음이겠지만 아이들의 더 큰 성장을 위해서 주도권을 넘겨보라.
기대 이상의 모습에 놀랄 것이다.

안네의 일기

01 스스로 생각하기

안네의 일기는 제2차 세계대전 당시에 실존 인물인 '안네 프랑크'라는 소녀가 쓴 일기장을 책으로 편찬해 낸 것이다. 실제로 유대인이었던 프랑크 가족이 은신처에 숨어 사는 내용이 담겨있어 그 당시의 유대인의 상황이 얼마나 참혹했는지 현재의 우리에게 일깨워 주고 있는 작품이다.

독서토론 미리보기

가장 기억에 남는 장면
주인공처럼 생각해보기
키티처럼 소중한 것
두렵고 긴장되는 순간

가장 기억에 남는 장면

『안네의 일기』는 제 2차 세계대전 당시 유대인이었던 안네가 직접 쓴 일기를 책으로 만든 것이다. 책을 읽고 가장 기억에 남는 장면과 그 장면을 선택한 이유를 함께 이야기해보자.

재율: 안네가 '키티'라는 일기장에 자신의 마음을 표현하는 것이 인상 깊었다. 안네가 쓴 일기는 '키티'라는 친구에게 전하는 편지 같다.

소희: 안네가 '키티'라는 일기장을 처음 받았을 때가 기억에 남는다. 그냥 일기장일 뿐인데 마치 사람처럼 부르는 게 신기했다.

사나: 도둑인 줄 알았는데 경찰이 집 앞까지 조사하는 장면이 기억난다. 걸릴까 봐 조마조마했을 것이고, 은신하여 사는 것이 정말 어려운 것이라는 생각이 들었다.

동진: 안네는 사실 무척 힘들고 끔찍한 상황인데도 이렇게 일기를 썼다는 사실이 계속 생각이 났다.

주인공처럼 생각해보기

『안네의 일기』에서 소환장을 받은 유대인들은 강제 수용소에 보내졌다. 안네의 가족은 아빠가 소환장을 받게 되자 모두 은신처에 숨어 살기로 했다. 만약 당신이 소환장을 받은 유대인이라면 어떤 기분이 들고, 어떻게 행동할 것인가?

소희: 무척 당황스럽고 머릿속이 새하얘질 것 같다. 소환장이라는 것은 죄를 지어서 감옥에 가는 것이 아니라 죄가 없지만 강제로 수용소에 끌려가는 것이니까.

재율: 당연히 안 가고 싶을 것이다. 유태인이라는 이유만으로 강제로 가는 것이니까. 이렇게 끌려가느니 반군에 들어가서 전투를 할 것이다.

은하: 소환장이 오면 가능한 빨리 은신처로 도망갈 것이다. 언제 군인들이 쳐들어올지도 모르고, 주변 사람들이 나를 신고할 수도 있으니까. 은신처를 정할 때는 이미 유대인이 없다고 검사가 끝난 장소를 선택하는 것이 좋겠다. 한번 검사를 하고 나면 다음번에는 오지 않을 테니까.

동진: 나는 평소에 평화를 추구하는 편이다. 만약 소환장이 온다면 불안감과 함께 평화롭지 못한 상황에 짜증이 날 것이다. 나는 소환장을 미루거나 가능한 늦게 갈 수 있는 방법을 찾아볼 것이다.

키티처럼 소중한 것

『안네의 일기』에서 키티는 안네가 불안한 현실에서 유일하게 마음을 털어놓은 소중한 친구이다. 여러분에게도 안네의 일기장 '키티'처럼 소중하게 생각하는 것이 무엇인지 떠올려 봅시다.

> **동진**: 나는 노트북이 소중하다. 노트북에 다양한 나만의 아이디어를 저장해 놓아서 소중하고, 무엇보다 처음으로 내 것으로 받은 물건이라서 더 소중하다. 노트북 안에 저의 정체성이 들어있는 것 같다.
>
> **은하**: 짧은 노트를 소중하게 생각한다. 고민이 있을 때, 불만이 있을 때, 짜증이 날 때, 이야기를 풀어야 할 때 노트에 적는다. 있었던 일을 적으면 화가 가라앉으면서 차분해진다.
>
> **재울**: 개인적으로 마음을 털어놓는 건 개인 톡이다. 화났을 때 끄적이는 것을 좋아한다. 평소에 소중하게 생각하는 물건은 핸드폰이다.
>
> **소희**: 나는 엄마나 언니이다. 평소 가족에게 고민을 털어놓는다. 또 좋아하는 책이 있는데 그 책을 소중히 여기고 있다.

두렵고 긴장되는 순간

안네는 유대인 수용소에 끌려가지 않기 위해 가족들과 은신처에 숨어 지내야만 했다. 들키면 수용소에 끌려가서 죽을 수 있는 상황에서 안네는 두렵고 긴장되는 하루하루를 살았을 것이다. 여러분도 안네처럼 두렵고 긴장되는 상황이 있었는지 이야기해봅시다.

> **소희**: 영어학원에서 진단평가를 볼 때 시험 시작 10분 전부터 긴장이 된다.
>
> **동진**: 중간고사와 기말고사 볼때. 긴장되고 두렵다. 시험 전 2~3일 긴장되고 호흡이 빨라지고 숨이 안 쉬어지는 것 같았다.
>
> **은하**: 혼났을 때 부모님 눈치가 보일 때. 혼나기 전에 무표정으로 째려보거나 먼 산을 바라보실 때, 혼난 후 눈칫밥을 먹을 때가 있다. 그래서 더 좋은 행동을 보이려고 빠릿빠릿하게 행동해야겠다고 생각할 때 두렵고 긴장된다.

『안네의 일기』는 내가 처음 독서 토론을 진행했을 때 선정한 책이었다. 나보고 책을 선정하라고 하는데 어떤 책을 해야 할지 막막하기만 했다. 그래서 엄마한테 어떤 책을 선정해야 하는가를 물어보았더니 평소 내가 좋아했던 책이나 읽어보고 싶은 책을 정하면 좋을 거라고 하셨다. 그래서 평소 좋아했던 『안네의 일기』를 선정했다. 『안네의 일기』는 제 2차 세계대전 당시 유대인이었던 안네가 가족들과 함께 은신처에 숨어 지내면서 쓴 일기를 바탕으로 쓰여진 이야기이다. 실제 역사적 사실을 바탕으로 쓰여졌다는 점이 역사를 좋아하는 나와 잘 맞았던 것 같다.

독서 토론을 통해 그 당시 안네가 얼마가 힘들었을지 안네의 입장에서

생각해 볼 수 있었다. 그리고 혼자 읽을 때 보다 함께
토론을 하니까 내가 생각하지 못했던 부분도 알 수
있어 좋았다.

마지막 레벨 업

02 인생의 가치란 무엇일까?

미래에 과학이 발달한 세계에서 공기 우산을 쓰고 가는 주인공 선우는 학교에서도 집에서도 혼자인 채로 살아간다. 그런 선우에게 유일한 낙원은 게임 캡슐 안에 들어가 즐기는 VR 게임 '판타지아'. 선우는 힘겹게 살아가는 현실보다 판타지아에 있는 자신이 더욱 좋아 보이고, 오히려 자신에게는 판타지아가 '진짜 세계'라고 생각한다. 어느 날, 학교에서 자신을 괴롭히는 무리를 판타지아 안에서도 만나게 된 선우. 위기의 순간, 자신을 구해준 신비한 플레이어 '원지'를 따라 판타지아 곳곳을 탐험하게 된다. 과연 선우는 마지막 레벨 업을 할 수 있을까?

독서토론 미리보기

내 인생의 가치
나를 가두는 감옥
레벨 업의 순간

처음 표지를 본 순간 '이거다'라는 촉이 왔다. 카툰
체의 표지와 게임을 배경으로 한 제목이 흥미로웠
다. 다 읽은 후 생각보다 더 곱씹어 볼 소재가 많아
독서 토론에 쓸 영감이 많이 떠올랐다.

내 인생의 가치

Q 내 인생의 중요한 가치는 무엇인가?

　(키워드: 진실, 사랑, 행복, 자유, 우정)

> **재율**: 나는 자유가 가장 중요하다. 내 맘대로 결정
> 　　할 수 있는 자유가 있어야 행복이나 사랑을
> 　　결정할 수 있다. 자유란 내 맘대로 생각하거
> 　　나 판단할 수 있는 힘이다.
>
> **수현**: 행복이 가장 중요하다. 자신이 행복할 때 우
> 　　정이나 사랑이 가능하고, 진정한 자유도 행
> 　　복할 때 가능하다고 생각한다. 행복은 무언
> 　　가를 할 때 침해받지 않고 하고 싶은 걸 하는
> 　　것이다.
>
> **소희**: 행복이 가장 중요하다. 행복을 놓치고 살다
> 　　보면 삶이 지칠 것 같다. 행복이란 자유로운
> 　　삶을 위한 한 가지 쉼표이다.
>
> **은하**: 사랑이 가장 중요하다. 서로 간의 사랑으로
> 　　믿음, 의지하면서 어떤 고난도 헤쳐나갈 수
> 　　있기 때문이다. 사랑은 내가 좋아하는 것을

위해 희생할 수 있는 마음이다.

동진: 자유가 가장 중요하다. 자유가 있어서 다른 가치들이 존재한다. 자유는 타인 또는 자신에 의해 판단과 생각과 행동이 제약받지 않는 상태이다.

서기: 진실이 중요하다. 살아보니 다른 사람과 나와 우리를 둘러싸고 있는 사회, 온 지구와 우주까지 진실함이 중요한 가치라는 것을 매 순간 깨달을 때가 많다. 지구와 세상은 나를 잘 알지 못하지만 그럼에도 지구와 세상을 진실하게 대하는 것이 지금 현재 휴머니즘을 지키기 위한 덕목이라고 생각한다. 나는 진실하지 못할 때가 있지만 깨닫고 반성하고 다시 진실함을 추구하고자 한다.

첫 번째 독서 토론 활동은 내 인생에서 가장 중요한 가치를 찾아보는 것이다. 하이드 회장은 '삶'을 가장 중요한 가치로 여겨 어떻게 있어도 삶만 있으면 된다고 생각하였다. 반대로 원지는 '모험'을 가장 중요한 가치로 여겨 무의미한 삶을 끝내고 여행을 떠나기로 결정하였다. 이렇듯 인생에서 중요한 가치는 사람들마다 모두 다르다. 친구들 또한 각자 인생에서 중요하게 생각하는 가치가 다름을 알 수 있었다.

나를 가두는 감옥

Q 현실과 판타지아 중 어디가 더 자유로운가? 현실에
서 당신을 가두는 '감옥'은 무엇인가?

동진: 판타지아 소설 속이 조금 더 자유롭다. 선우
에게 판타지아 소설이 자유로운 이유는 현
실에서 하지 못하는 것을 판타지아에서 할
수 있기 때문이다. 모험을 좋아하는 저는 판
타지아 세상이 더 자유롭다. 저의 뇌가 스스
로에게 감옥인 듯. 저는 머릿속으로 생각을
계속하는데 끊임없이 이어지는 생각을 뇌가
감당하지 못하고 어지러울 때가 있다. 그때
내 생각을 뇌가 감옥처럼 가두는 것 같다.

수현: 판타지아가 현실보다 더 자유롭다. 현실에
서는 내가 하지 못하는 일들을 판타지에서
할 수 있어 자유로워 보인다. 현실에서의 감
옥은 딱히 없는 것 같다.

재율: 판타지아가 더 자유롭다. 판타지아에서는
사람과 사람이 진입하는 장벽도 낮고, 입시
와 같은 골치 아픈 일도 없으니까요. 현실에
서의 감옥은 잘 모르겠다.

소희: 현실이 더 자유롭다. 판타지아에서 깨어나
면 현실이지만 판타지아에서 자유로움을 느
끼지만 깨어나면 안 좋은 감정을 느낀다. 하
지만 현실에서는 다양한 감정을 느낄 수 있
으니까 더 자유롭다고 생각된다. 현실에서

의 감옥은 잘 모르겠다.

은하: 현실이 더 자유롭다. 판타지아는 정해지고 짜여진 프로그램 속, 현실은 예상할 수 없고 더 다양한 상황이 펼쳐지니까.

청개구리맘: 현실이 더 자유롭다. 여러 가지 감정을 느낄 수 있고, 예상할 수 있으니까 더 자유롭다. 못 해보는 것을 해볼 수 있는 것을 자유라고 보면 판타지가 더 자유롭지만 가능하게끔 만들 수 있는 것을 자유라고 보면 현실이 더 자유롭다. 현실에서의 감옥은 솔직하게 말하면 어른이 되면서 생겨나는 것 같다. 어른이 되어서도 자유롭기를 바란다.

서기: 현실이 더 자유롭다고 생각한다. 누군가에 의해 통제되는 것이 아니라 나 자신에 의해 결정되고 가능성이 언제나 있으니까. 현실에서도 감옥은 언제나 존재하는 것 같다. 어릴 적도 지금도 하지만 감옥에 비해 내가 자유롭게 살아가는 삶의 양을 생각한다면 어릴 적보다 오히려 어른이 되는 지금이 더 자유롭다고 생각한다. 어릴 적에는 원하는 것이 무엇인지도 잘 모르고, 주어진 상황에서 반복적으로 살았다면 지금은 작은 일일지라도 원하는 것이 무엇인지 알고 ,스스로 할 수 있는 선택권이 있다는 점에서 더 자유롭게 느껴진다.

'현실과 판타지아 중 어느 곳이 더 자유로운가?'라는 질문에 토론자들은 대부분 '현실'이라고 답했다. 현실에서는 감정을 느끼고, 의지를 가지고 선택하는 삶을 살기 때문이다. 반면 '판타지'라고 말한 친구도 있었다. 판타지 속에서 사람이 할 수 없는 것을 할 수 있다는 것이 그 이유였다.

주인공 원지와 관련하여 부각 되었던 '현실에서의 감옥'에 대한 질문에 또래 친구들은 대부분 '없다 혹은 모르겠다'고 답하였다. 아직 감옥이라는 말이 현실감있게 느껴지지 않아서 그런 것 같다.

레벨 업의 순간

이 책을 처음 보았을 땐 감각적인 표지와 '레벨 업'이라는 제목으로 인해 단순히 정석에 가까운 스토리를 전개하는 소설일 줄 알았다. 하지만 막상 책을 전부 읽은 후, 예상외의 울림에 크게 놀랐다. '통속의 뇌' 문제와 함께 학교폭력 등의 무거울 수 있는 주제들을 다루되, 진중하기만 한 것이 아니라 가볍게 표현하려고 공을 들였음을 알 수 있었다. 이렇게 생각할 거리가 많은 소재들은 토론에서도 이어졌다.

Q 선우 또는 원지가 마지막 '레벨 업'을 했다고 생각한 순간은? + 내 인생에서 '레벨 업'했다고 생각한 순간은?

은하: 선우가 원지와 이별하고 다른 친구(재우)에게 손을 뻗는 장면 이 장면에서 진짜 '레벨 업'이 되었고 내면적 힘이 생겼다고 본다. 처음 전학 왔을 때 나를 힘들게 하는 친구들이 있었는데 그 친구들을 피하지 않고 그 친구들과 잘 지내기를 바라며 노력했던 그 순간들이 '레벨 업'이 된 것이라고 생각한다.

동진: 원지는 서버를 파괴한 후 결과가 어떻게 될지 알지 못하지만 자유를 위해 서버를 파괴하기로 선택한다. 그 순간 '레벨 업'했다. 선우는 범호 일행에게 괴롭힘을 당하면서부

터 또 다른 친구 재우에게 손을 내미는 장면까지 계속 '레벨 업'되고 있는 것으로 보인다. 나의 '레벨 업'은 혼자 공부하고 시험 준비를 하면서 멘탈 관리하는 법을 배울 때 성장한 듯하다.

재율: 원지가 '진실을 찾는 것이 진짜 모험'이라는 엄마의 말을 기억할 때 마지막 '레벨 업'이 되었다. 선우는 다른 친구에게 손을 내밀 때 '레벨 업'되었다. 나의 '레벨 업'한 순간은 잘 모르겠다.

동진: '레벨 업'을 안 했다는 건 이제 '레벨 업'을 해야 할 일만 남았다는 긍정적 생각을 하기 바랍니다.

소희: 선우가 범호 무리에게 거절하는 말을 했을 때 마지막 '레벨 업'이 되었다. 내 인생에서 '레벨 업'을 한 순간은 딱히 없다. 미술대회에서 상 받은 것 정도

수현: 제가 제 인생에서 '레벨 업'을 한 시간은 중학교에 처음 들어가서 처음 2학년 1학기 중간고사 내신 대비 시험공부를 한 순간이다. 하기 싫은 마음도 있었지만 최선으로 공부했을 때 스스로가 뿌듯하게 느껴졌었다. 그 때 '레벨 업'한 것이다.

마지막으로 『마지막 레벨 업』은 앉은 자리에서 바로 읽혔던 책이었다. 내가 좋아하는 게임을 바탕에 두고 학교폭력과 인간의 윤리 등 무거운 주제를 얹었다. '이런 주제들을 다루는데 책이 잘 끝날까?'라는 생각도 들었지만, 기승전결을 살린 채로 제목에 부합하는 선우의 성장까지 잘 풀어냈다.

#청소년문학 #삶의 소중함 #오프라인 #학생주도

푸른 하늘 저편

03 일상의 소중함에 대하여

『푸른 하늘 저편』은 주인공 해리가 교통사고로 세상을 떠난 뒤 이승에서 못다 한 일을 풀어나가는 이야기이다. 해리와 친구 아서, 스탠 할아버지, 우그 등 모두 각자만의 방식으로 자신의 삶을 주워 담는다. 우리는 해리의 이 긴 모험을 함께하며 나의 인생에서 잃어버린 것과 그것의 소중함을 찾아볼 수 있다.

독서토론 미리보기

SNS와 작품의 한 장면
내 생애 가장 후회되는 순간
키워드 토론
무작위로 단어를 활용한 짧은 글
『푸른 하늘 저편』을 읽게 될 독자들에게

SNS와 작품의 한 장면

Q 작품의 한 장면을 사진으로 SNS에 올린다면? 어울리는 해시태그도 붙이기

재율: 해리가 에기 누나에게 글씨를 쓰는 장면,
　　[#감동 #진심이아니었어 #우리다시만나자]
　➡ 해리가 온 힘을 다해 마지막으로 에기 누나에게 자신의 마음을 전하는 부분이기 때문.

은하: 해리가 반 친구들이 꾸민 떡갈나무 장식을 보는 장면,
　　[#민망 #감동 #떡갈나무]
　➡ 그전까지는 친구들이 자신을 잊고 심지어 다른 친구로 자리를 채워 아쉬움 없이 지내는 줄 알았으나 그렇지 않았다는 걸 알게 된 장면이기 때문.

소희: 젤리와 피트가 공을 차며 노는 장면,
　　[#배신감 #네가어떻게나한테 #죽여버리겠어]
　➡ 해리가 제일 싫어했던 젤리와 절친 피트가 함께 공놀이하고 있으니 너무 큰 배신감을 느꼈을 것 같다.

수현: 해리가 아서와 처음 만나는 장면,
　　[#옛날사람 #이상해보임 #궁금]
　➡ 해리 입장에서 처음 보는 아서는 매우 옛날 사람에 이상한 차림을 한 알 수 없는 아이로 보였을 것 같기 때문이다.

이날은 2년 만에 대면으로 만나게 된 날이었다. 오랜만에 직접 만나 활동하는 것을 기념하고 싶어 며칠간 정말 열심히 준비했던 기억이 생생하다.

가장 먼저 책을 읽고 기억에 남는 장면들을 이야기해 보는 활동으로 시작을 열었다. 해시태그로 인물의 감정이나 자신이 책을 읽으며 느낀 것들을 자유롭게 표현할 수 있었다. 해당 장면을 사진처럼 상상하게 된다는 점도 이 활동의 장점이라고 생각한다.

내 생애 가장 후회되는 순간

Q 내가 지금까지 살면서 가장 후회되거나 미안했던 순간은 언제인가요?

재율: 친구와 크게 싸웠던 일이 많이 후회된다. 대부분 나로 인해 다툼이 벌어진 것 같기 때문이다.

은하: 단언하거나 단정 짓는 투로 말하는 버릇이 있는데, 그런 말로 주변 사람들에게 상처를 주었던 일들이 후회된다.

소희: 아주 어릴 때 언니 머리를 입으로 문 적이 있다. 미안하다.

수현: 길을 갈 때 친구를 계속 옆으로 미는 습관이 있다. 이것 때문에 친구에게 미안하다.

서기: 가족들에게 냉정하게 대했을 때 후회가 남는다.

이 질문에는 사소할 수 있는 일들에서 느낀 후회와 미안함을 서로 쏟아 낼 수 있었다. 사실 해리도 결국 후회하는 점이 누나에게 평소 했던 짓궂

은 말들이었다. 『푸른 하늘 저편』의 등장인물들이 그
랬듯 우리가 일상에서 별생각 없이 저질렀던 행동들
에 대해 여러 생각을 하게 되었다.

키워드 토론

하나의 키워드를 정한 다음 작품 내용과 상관없이
일상 속에서 자유롭게 떠올려 이야기해보기로 했다.
연상되는 대로 이야기를 확장해보는 것이다.

첫 번째 키워드 : 죽은 후 가장 그리울 것들

> 소희: 봄에 꽃이 만개했을 때 밖에서 맡을 수 있는
> 꽃내음
> 재을: 바람 소리와 비 온 후 맡는 흙냄새
> 수현: 운동하고 왔을 때 원샷하는 시원한 물
> 은하: 푹 잔 후 오는 개운함

두 번째로 뽑은 키워드 "젤리 돈킨스"

> 은하: 과거 나를 힘들게 한 친구가 있었다. 그때는
> 그 친구가 정말 싫었지만 지금 다시 돌아보
> 면 내 반응에 재미를 얻어 더 그랬을 수 있겠

다는 생각이 든다. 또 내가 모둠활동을 하며 하는 말 또는 행동들
이 그 친구에게 피로감과 힘듦을 주었을 수도 있다.

은하: 나도 불편했던 친구가 있었다. '나에게 왜 그랬을까?' 하고 생각해
보면 다른 두 친구와 가깝게 지낸 나에게 질투를 느꼈던 것이 아닐
까 싶다.

재율: 나는 내가 기억하는 이 친구가 왜 처음 나에게 접근했는지를 고민
해봤다. 그러고 보면 그 아이는 본인과 다른 나에게 이질감 또는
호기심을 느끼고 나에게 다가왔던 것 같다. 물론 여러 갈등을 겪은
친구이지만 지금이라도 왜 처음 내게 왔는지 생각해볼 수 있었다.

수현: 나는 내 동생을 떠올려 봤다. 해리와 젤리 돈킨스의 관계가 그냥
우리 남매인 것 같았다. 진짜 서운하고 화가 나는 마음도 있지만,
또 정이 있기에 애증의 감정이 많이 있는 듯하다.

해리&젤리 돈킨스의 관계처럼 각자의 삶에서 경험했던 인연에 관해 대
화해봤다. 해리는 죽은 후에 다시 젤리를 찾아가 그의 편지를 확인할 수
있었다. 그러나 죽음을 경험해보지 못한 우리는 해리와는 조금 다른 방식
으로 다가갔다. 짜증 났던 관계를 넘겨 버리는 것이 아닌 조금이라도 그때
를 이해해보려는 노력으로 상대방과 나를 다시 바라볼 수 있었다.

무작위로 단어를 활용한 짧은 글

오랜만에 하는 오프라인 수업인 만큼 더 재미있고 유쾌한 활동을 준비하고 싶었다. 준비되지 않은 상태에서 무작위로 단어를 뽑아 문장을 만드는 일은 수업에 활력을 더해주었던 것 같다. 또 단어를 선정할 때는 멜론차트의 노래들을 들으며 그 가사에 있는 괜찮은 키워드를 골랐다. 친구들도 이 활동이 재미있다고 말해주었고 준비하면서도 아주 즐거웠기에 추천하고 싶은 활동이다.

재율: [신호탄, 회전목마, 계절]

To. 아서에게, 150년이라는 긴 시간 동안 엄마를 찾다니 참 힘든 시간이었겠구나. 계속해 바뀌는 계절로 좌절했을 수도 있고 갑자기 회전목마를 바라보기만 했던 어린 시절이 떠올라 씁쓸했을 수도 있을 것 같아. 그런데 그때, 마치 신호탄처럼 해리가 나타나 너의 엄마를 찾게 된 여정을 함께하게 됐지. 정말 너무 축하하고, 푸른 하늘의 저편에서 행복하게 지내줘!

소희: [장난, 상상, 꽃가루]

To. 해리에게, 휘날리는 꽃가루 속에서 네가 생각이 났어. 너를 상상해보면 저승에서 장난치는 모습이 떠올라. 잘 지내는 거지?

『푸른 하늘 저편』을 읽게 될 독자들에게

사실 나는 이 책을 읽으며 눈물을 흘릴 정도로 감명을 받았다. 그 이유
는 해리가 후회 없이 그레이트 블루 욘더(생각해보면 그레이트 블루 욘더는 진정
한 죽음의 바다이자 생명의 바다인 것 같다.)로 몸을 던지는 장면 때문이었다.

나는 '내가 해리처럼 뛰어들 수 있었을까?'라고 스스로 질문해봤던 것 같
다. 그런데 도저히 엄두를 내질 못해 계속 미룰 것 같다는 생각이 들었다.

해리와 나의 차이는 무엇일까? 그 차이는 '못다 한 일'에 있는 건 아닐까.
해리는 자신이 못다 한 일을 미련 없이 마무리했다. 반대로 나는 살아있음
에도 후회스럽고, 정리하지 못한 일들을 어정쩡하게 내버려 두고 있다. 책
에서 그레이트 블루 욘더로 간 이들은 앞서 나간 사람들이다. 그리고 해리
는 못다 한 일을 정리함으로써 그다음 단계인 그레이트 블루 욘더로 나아
갈 수 있었다. 어쩌면 우리도 어떨 때는 앞으로 나아가기 위해서 '못다 한
일'을 하는 것이 필요하지 않을까?

달러구트꿈백화점

04 베스트셀러 읽기와 꿈

잠든 사람들의 도시에서 가장 유명한 달러구트 꿈 백화점. 주인공인 페니는 신입사원으로 달러구트 꿈 백화점에 입사하게 된다. 꿈 제작자들의 다양한 꿈을 사고파는 이곳. 다양한 방법으로 여러 꿈을 제공하고 꿈을 꾼 사람들의 삶이 더욱 행복해지길 바라는 마음을 가지고 있다. 과연 여러분의 꿈도 꿈 백화점에 팔고 있었던 것일까?

독서토론 미리보기

책의 분위기를 색깔로 표현하기
꿈 제작자가 되어보기
이 책의 인기 비결 찾기
꼬리질문-주제 찾기

책의 분위기를 색깔로 표현하기

　가끔 책을 읽다 보면 그 책의 분위기가 어떤 색을 떠올리게 할 때가 있다. 누구나 그런 경험이 한 번쯤 있을 것이다. 책을 읽으면서, 그 책을 다 읽고 마지막 장을 넘기면서 어떤 색이 떠오르는지 생각해보자. 독특한 분위기를 가진 달러구트 꿈 백화점을 어떤 색으로 표현하면 어울릴지 함께 이야기해보자.

재율: 달러구트 꿈 백화점만의 분위기를 색으로 표현한다면 노란색 같다. 노란색은 활기찬 느낌을 주는 색이기도 하지만 화사하고 포근한 느낌을 주기도 한다. 나는 이 책을 포근함이 느껴지는 책이라고 생각한다.

은하: 빨간색, 주황색 같은 따뜻한 종류의 색깔이 떠오른다. 설렘이나 즐거움을 주는 꿈도 있고 트라우마와 같은 슬픈 꿈도 있지만 이런 다양한 꿈들 모두 깊이 들어가 보면 결국에는 꿈을 꾸는 사람들을 위한 것이라서 따뜻한 색깔로 느껴진다.

수현: 나는 어둡고 짙은 보라색이 생각난다. 책의 내용이 몽환적이라 보라색이 생각났고 단순히 몽환적이라고 보기에는 전달하려는 내용이 무게감이 있어 어둡고 짙은 보라색이 떠올랐다.

꿈 제작자가 되어보기

달러구트 꿈 백화점에서 꿈 제작자들은 꿈을 꾸는 사람들을 위해 꿈을 주문받아 제작한다. 특별한 일, 슬픈 일, 행복한 일 등 여러 가지 일에 대한 꿈을 제작한다. 불특정 다수를 위한 꿈을 제작하기도 하고, 누군가만을 위한 특별한 꿈을 제작하기도 한다. 만약 당신이 책 속에 나오는 꿈 제작자가 된다면 어떤 꿈을 제작해보고 싶은가?

수현: 다른 사람을 행복하게 해주는 꿈을 만들고 싶다. 꿈속에서 꿈에 의해 움직이는 게 아니라 그 사람의 의지에 따라 직접 행동할 수 있는 꿈을 만들면 좋겠다.

재율: 트라우마에 관한 꿈을 만들고 싶다. 현실 속에서는 어려울 수 있지만 꿈 속에서는 그 사람이 트라우마를 극복하거나 담담히 받아드릴 수 있는 꿈을 만들어보고 싶다.

소희: 지구에 나 혼자 있는 꿈을 만들고 싶다. 그 속에서 혼자 있으면서 외로움, 그리움 같은 여러 가지 감정을 느끼면 잠에서 깨어났을 때 평소 잘 몰랐던 가족이나 사람들의 소중함을 알게 될 것 같다.

은하: 사람이 영원히 죽지 않는 삶에 대한 대한 꿈을 만들고 싶다. 많은 사람들이 자신의 삶에 소중함을 알고 행복을 알기 위해서이다.

이 책의 인기 비결 찾기

"달러구트 꿈 백화점은 왜 인기가 많을까?"

달러구트 꿈 백화점은 연간 베스트셀러로 많은 사람에게 호평받았던 책이다. 다른 베스트셀러들을 보면 '글의 내용이 좋다','대중성이 있다'와 같이 인기가 많은 이유가 하나씩은 꼭 있다. 그렇다면 우리가 읽은 달러구트 꿈 백화점. 이 책은 왜 인기 비결은 무엇일까?

> **은하:** 인간의 슬픔과 기쁨을 모두 다뤘기 때문인 것 같다. 개인적으로 꿈을 생각하면 환상적이고 낭만적이라는 생각이 먼저였다. 책 속에서 보여준 꿈은 힘들거나 어려운 일에 대한 꿈도 있어서, 그러한 꿈을 보며 위로받을 수 있었다. 꿈을 사고판다는 설정이 신선하고, 지금 코로나와 같이 힘든 시기일 때 위로가 되어 인기 있는 것 같다.
>
> **수현:** 꿈이라는 소재가 신박해서 인기가 있는 것 같다. 꿈을 사고판다는 이야기가 나올 때 '나도 꿈을 내가 사서 꿨나'하는 생각이 들어서 새로웠다. 상상력이 풍부한 사람들에게는 최고의 책인 듯하다.
>
> **재율:** 스토리가 탄탄하게 잡혀 있어 책을 읽는 내내 몰입감이 높았다. 이런 탄탄한 스토리가

인기의 비결인 것 같다.

소희: 우리 일상에서 쉽게 접할 수 있는 꿈이라는 소재를 꿈 백화점이라
는 특이한 배경에 끼워 넣은 것이 매력이다. 정말 이런 곳이 있을
까 하는 호기심이 생긴다.

꼬리 질문-주제 찾기

이 책을 읽고 위로를 받았다는 이야기를 들었다, 그렇다면 실제 이 책을
지은 작가는 무엇을 전하기 위해 이 책을 썼을까? 라는 질문을 가져보았
다. 다시 말해 이 책의 주제나 의도에 대해 꼬리 질문을 해보았다.

은하: 주제가 뚜렷하진 않지만 읽는 이로 하여금 공감과 위로를 전해주
고 싶었던 같다. 그뿐만 아니라 인간의 기본적인 삶을 되돌아보도
록 하는 포인트도 있다고 생각한다.

수현: 꿈에 대한 행복을 알려주기 위해. 꿈을 꾸는 게 행복하지 않은 사
람, 잠을 자는 것이 좋지 않은 사람들에게, 그런 사람들에게 꿈에
대한 인식을 바꾸어 주기 위한 의도가 있는 것 같다.

재율: 꿈을 시간이 인생을 낭비하는 것은 시간은 아니다 라는 것을 가르
쳐주고 있다.

우리는 살아오는 동안 수백 개, 수천 개, 더 나아가 수만 개의 꿈을 꾼다
'달러구트 백화점'은 우리에게 일상과도 같았던 꿈을 새로운 관점으로 볼
수 있도록 한다. 꿈을 어디선가 만들고 있다는 관점이 신선하다.

이 책은 누구나 쉽게 접근할 수 있고, 그리 어렵지 않은 내용을 다루면서도, 한번 더 생각해볼거리가 많이 들어있다. 그래서 독서토론이 아직 익숙하지 않은 초보 토론자들에게 추천하고픈 책이다. 객관적인 주제보다 자신의 주관적인 의견을 많이 물어볼 수 있는 토론 주제가 잘 어울리는 것 같다. 책을 읽으면서 한 번쯤은 해봤을 생각들에 대해 함께 토론하는 시간이 서로를 이해하고 위로해주는 시간이 되었던 것 같다.

독특한 관점과 상상이 있는 '달러구트 꿈 백화점'을 자신을 객관적으로 평가하는 세상에 위로받고 싶은 사람들에게 다시 한번 추천하고 싶다.

돈키호테

05 고전문학 입체적 읽기

17세기 초에 발표된 『돈키호테』는 주인공 돈키호테를 허풍스럽고 무모한 기사로 그려내 당시 유행하던 기사도 소설을 풍자한 작품이다. 어린 시절 동화를 읽을 땐 돈키호테의 어리석은 모습만 보았지만, 이번에는 돈키호테를 단편적으로만 평가하기보다 여러 방면에서 현대의 인물들과 비교해보고 싶었다. 그랬더니 주인공에 대한 묘사를 더 입체적으로 볼 수 있었고 작품도 더 재미있게 읽히는 기회가 된 것 같다.

독서토론 미리보기

돈키호테라는 인물 평가하기
돈키호테 비교1: 일론 머스크
돈키호테 비교2: 푸틴

'돈키호테'라는 인물 평가하기

　『돈키호테』라는 작품의 제목이자 주인공인 돈키호테는 참 엉뚱하고 독특한 점이 많다. 작품을 읽으며 돈키호테가 가장 '돈키호테다웠다'라고 내가 생각한 장면을 다른 사람들도 비슷하게 생각할까 궁금해졌다. 그래서 각자가 생각한 돈키호테가 가장 돈키호테다웠던 장면을 뽑고 그것에 관해 대화를 나눠 봤다.

Q 작품에서 대단히 '돈키호테답다'라고 느꼈던 장면은 어느 부분입니까?

> **동진**: 처음부터 끝까지 수많은 사건을 겪으면서도 계속해서 자신의 생각을 절대 굽히지 않는 모습이 '돈키호테다웠다.'
>
> **소희**: 수도사들한테 공격하는 장면을 꼽겠다. 수도사들이 오해를 풀려 해명하는데도 끝까지 자기 입장만 주장하는 모습이 정말 '돈키호테다웠다.'
>
> **재율**: 풍차를 거인이라고 떠들며 다짜고짜 달려들 때 정신 나간 사람처럼 느껴졌다. 그 장면을 가장 '돈키호테다웠다.'라고 뽑고 싶다.
>
> **은하**: 돈키호테가 여관에 묵은 다음 숙박비를 내지 않았을 때 참 뻔뻔하다고 느껴졌고, 그 장면이 '돈키호테다웠다.'

함께 독서토론에 참여한 또래들이 느끼기에 돈키호테는 엉뚱함을 넘어 주변을 피곤하게 하기도 하는 둘도 없는 괴짜였나 보다.

하지만 이 수업을 준비한 입장에서의 내 생각은 달랐다. 돈키호테를 무작정 괴상망측 민폐 캐릭터라고 난정 짓기보단 우선 '끊임없이 시도하는 자'라고 부르고 싶었다. 그래서 현대의 인물 중 돈키호테와 묘하게 닮았다고 떠오른 한 사람을 수업에 등장시켜 보았다. 그는 테슬라와 스페이스X의 창립자로 전 세계에 이름을 알린 일론 머스크이다.

돈키호테 비교 1 : 일론 머스크

Q 일론 머스크와 돈키호테는 닮은 듯 다르다. 이 두 사람은 어디가 닮았고, 어디에 차이가 있는가?

> **동진:** 두 사람 모두 당황스러운 행보를 이어간다는 점과 상식을 뛰어넘었다는 점이 꽤 닮았다. 차이점으로 돈키호테는 자기의 열정에 눈이 멀어서 계획성이 떨어졌다는 것과 비교해서 일론 머스크는 투자 계획을 착실하게 실행한 점이 다르다.
>
> **소희:** 둘 다 주위에서 정신 나갔다는 말을 들을 만큼 터무니없이 큰 야망을 품은 것 같다. 일론 머스크 쪽이 조금은 더 현실성이 있어 보이긴 한다.
>
> **재율:** 돈키호테는 실존 인물은 아니지만 둘 다 정신 나갔다는 점이 비슷하다. 차이점이라면 돈키호테는 그저 실패의 아이콘이지만, 일론 머스크는 성장을 보여주고 있다.
>
> **은하:** 돈키호테와 일론 머스크는 원대한 목표를 세운 점과 포기하지 않

고 계속해서 시도하는 면이 비슷하다. 다만 돈키호테는 소설만 읽고 그냥 준비 없이 뛰어들었으나 일론은 철저한 준비를 바탕으로 행동에 옮겼다는 점이 달라 보인다.

작품 속 돈키호테와 현실의 일론 머스크에 대해 모두 비슷하게 생각했다. 단순히 돈키호테의 실패를 비난하기보다 실패 후 성찰하지 않는 태도를 지적했다고 할 수 있을 것이다. 일론 머스크와 비교해보니 차이점을 확실히 알아볼 수 있었다. 그래서 다음 인물도 떠올려봤다.

돈키호테 비교 2 : 푸틴

비교 대상은 러시아 대통령 블라디미르 푸틴이다. 푸틴의 긴 통치 과정을 모두 떠올리기는 곤란할 것 같아 먼저 장기 집권에 관한 영상을 찾아 공유했다.

Q 이런 거대한 목표나 상상을 이루기 위해서는 어떤 마음가짐을 갖춰야 한다고 생각합니까?

동진: 평소에 나도 이런저런 상상도 많이 하고, 꿈도 큰 편이다. 그런 것들을 이루려면 자기

객관화가 필수적이다. 큰 목표나 상상은 절대 단기간에 이뤄지지 않고 도중에 탈선할 확률도 높다. 어떤 것을 준비해야 하는지 자신에게 단호하고 객관적으로 묻는 자세가 필요하다.

은하: 뚜렷한 도덕적 기준이 꼭 필요하다. 목표를 이루는 과정에서 유혹이 많을 텐데 옳고 그름을 판단하고 실천하려면 반드시 전제되어야 한다.

재율: 자신의 공상을 반드시 실현하려는 굳은 의지와 끈기가 정말 필요하다. 공상을 믿는 자기암시와 자신감!! 이게 가장 중요하지 않을까?

소희: 목표와 상상을 실현하는 과정에서는 대부분 실패를 맛본다. 그러나 실패가 있더라도 그 과정 자체를 돌아보며 성장해 가겠다는 마음가짐이 매우 필요하다고 생각한다.

우리 청소년 시기의 꿈이란 마치 근육과 같아서 계속 꿈꾸지 않으면 키워가기 어려운 것 같다. 또한 잘못된 방법으로 근육을 단련하면 몸에 문제가 생기듯이, 꿈을 계속 키워가겠다는 동기뿐 아니라 꿈에 대한 올바른 방향 설정이 굉장히 중요하다고 생각하게 된 계기였다.

소설 속 허풍과 엉뚱함으로 가득 찬 돈키호테와는 다르게 21세기를 사는 일론 머스크는 상상을 실천에 옮기는 과정에 있어서 철저한 반성과 정비의 과정이 있었다. 또한 푸틴은 과정에서 철저한 계획성과 냉정함을 가졌을지 모르나 한편으론 실패를 과하게 두려워하는 사람인 것 같다는 생각이 들었다.

과정이 도덕적으로 올바르다면 결과적으로 실패한다 해도 정치인으로서 다음 기회를 도모할 수 있다는 점을 간과하는 푸틴의 미래가 참 궁금해지는 밤이다.

부록

특별활동: 사춘기 자녀, 작가와 만나다!

작가와의 만남은 특별한 경험이다. 독자는 작가와의 만남을 통해 책에 대해서 더 깊이 이해할 수 있고, 작가의 다른 작품도 관심을 두게 된다. 더불어 '작가'라는 직업에 대한 정보도 얻을 수 있어 아이들에게는 독서와 진로를 연계한 의미 있는 경험이다. 우리가 함께 읽은 책은 이현 작가님의 『호수의 일』이다.

어떤 기억은 너무나 강렬해서 결코 그 이전의 시간으로 되돌아갈 수가 없다. 어쩌면 그렇게 환히 웃었지, 너는. 이제 와 그 웃음을 생각하면 가슴이 미어진다. 미안해진다. 화가 난다. 나에게? 너에게? 그 무엇보다 은기가 보고 싶다.

- 호수의 일 중에서 -

이현 작가님과 만남 준비하기

작가와의 만남을 위해서는 사전에 작품을 미리 살펴봐야 한다. 작품을 읽지 않은 것과 읽고 참여하는 것은 동기와 재미, 의미까지 모든 면에서 차이가 크다. 누군가의 제안으로『호수의 일』을 다음 독서토론 책으로 정했고, 때마침 방학이라 시간을 내는 것도 어렵지 않았다.

부모들이 작가님과 일정을 조정하고 장소를 섭외하는 동안 아이들은 책의 내용이나 작가님께 궁금한 내용을 질문으로 만들었다. 당일에는 1부와 2부로 나누어 1부는 '작가님, 궁금해요!'(작가님이 질문을 뽑고 답을 하는 시간), 2부는 '더 궁금한 이야기'(각자 더 궁금한 질문을 하는 시간)로 진행하고 사회자도 아이들이 하는 것으로 정했다.

> **tip.**
>
> 작가와 연락하는 것은 작가의 개인 홈페이지, 작품소개에 공개된 이메일을 활용하거나, 작품을 출간한 출판사를 통해서 할 수 있다. 이번 만남은 출판사를 통해 진행했다.

/1부/ 작가님, 궁금해요!

Q1 작가님께서는 작품을 쓸 때 어떻게 영감을 얻으시나요?

너무 많고 막연해서 대답하기가 어려운 질문이네요. 작품마다 다르고 대부분을 생활하듯 스치듯이 지나는데 어떤 일은 마음에 남게 되죠.『푸른 사자 와니니』같은 경우는 다큐멘터리를 봤어요. 그리고 제가 '라이온 킹'도 좋아해서 영화랑 뮤지컬도 다 봤죠. 암사자는 왜 바보 같을까? 아들을 쫓아내고 이런 엄청난 일을 벌이는데 당하는 것 같은데 암사자는 힘도 없고 뭘 못하나보다 심바가 돌아와서 왕이 되는 것이 오히려 쾌씸하다는 생각하게 되었어요. 나중에 우연히 사자의 생태를 다룬 다큐멘터리를 보면서 영화와 다르다는 걸 알게 됐죠. 인간이 사는 모습이 반드시 정답은 아니라고 생각했어요. 생태계를 있는 그대로 인정하자는 의미에서 라이온킹처럼 말고 진짜 사자의 모습을 그리고 싶었어요.

Q2 작가라는 직업에 만족하시는지요?

저는 어릴 때 척추 검사를 받아야 한다고 말할 정도로 평상시에 저는 누워 있는 아이였어요. 그런데 작가가 된 후로는 한번 앉으면 일어나지 않아도 되기 때문에 가만히 앉아 글을 쓰고 책을 읽는 게 좋았어요. 사람도 1~2주 동안 아무도 안 만나도 되고 직업적 특성이 외롭다고도 하는데 저는 오히려 그런 점이 저의 성격과 잘 맞아요.

동화를 쓰는 작가를 만난 적이 있는데 그만두고 싶다는 생각을 한 사람을 본 적은 없어요. 다들 그만두게 될까 봐 걱정하죠. 여러분이 엄청나게 좋아할 직업적인 특징이 있어요. 출근을 하지 않습니다. 하지만 월급도 없어요. 장단점이 있는데 저는 개인적으로 만족해요. 제가 좋아하는 일을 하는 거니까요. 작가는 혼자 노는 거에 달인이라면 일단 좋을 것 같아요. 내가 혼자 할 수 있으니깐 사람 관계에서 오는 스트레스도 없고, 도움도 필요 없어요. 취재할 때는 나가는데 그 외에는 집안에 가만히 있으니깐 이 불 밖은 위험하다는 타입은 작가와 잘 맞지만, 그냥 앉아 있기 힘든 사람은 힘들어요.

우리나라는 사실 책이 잘 팔리는 나라는 아니에요. 대부분 작가가 저작권료나 인세로 생활을 해나가기는 쉽지 않아요. 하지만 어려움이 없는 직업을 찾을 수는 없을 거에요. 책과 글쓰기를 좋아한다는 것은 보람 있고 좋은 일이에요.

『호수의 일』은 코로나로 어렵게 지내다가 빌라 5층에 올라갔는데 첫 문장이 생각이 났어요. '내 마음은 얼어붙은 호수화 같다.' 집에 내려와서 수첩에 쓰고 첫 문장을 쓰고 이번 겨울에 이 문장으로 시작하는 글을 쓰겠다고 생각했죠. 일단 얼어붙은 호수에 가보자 해서 산정호수에 갔고 때마침 한파주의보가 내려서 사람이 없었고 친구랑 사진도 찍고, 호수에 우리 말고 다른 팀이 있었는데 진주네와 같은 사람들의 모습이 있었어요. 저 가족의 이야기를 써야겠고 떨어져 나와 있는 호정이를 주인공으로 써야겠다고 생각했죠. 그때 제 마음이 가라앉아 있어서인지 내용도 그런 것 같고 여러 가지 일들이 떠오르기도 했고 제가 세 딸 중 첫째인데, 호수의 일의 영감을 자신한테서 얻었다고 할 수 있어요.

Q3 인생의 가치관이나 신념이 있으신가요?

찾고 있어요. 그 무엇도 쉽지 않고 정답이라는 것은 없는 것 같아요, 매번 그때그때 답을 찾고 있다고 생각해요. 그것이 신념이라고 할 수 있어요.

Q4 작가님에게도 흑역사가 있으신가요?

고3 때 가출했던 적이 있어요. 지금 생각하면 왜 그랬나 싶은데 입시 등으로 친구랑 둘이 일주일 만에 잡혀 왔죠. 다른 곳에 가서 방을 얻고 돈을 신나게 다 써 버리고. 결국 그 친구랑 거리도 멀어지고 상처이기도 하지만, 많은 걸 깨닫게 한 사건이다. 편견이라든지 여러 가지에 대해서 생각을 하게 된 사건이죠. 흑역사이면서 잊을 수 없는 사건이고 저를 어른으로 만들어 준 사건입니다.

Q5 글을 쓸 때 찾는 음식이 있다면?

과자와 커피를 주로 많이 마시는 편이에요. 뇌를 쓸 때 에너지원이 탄수화물이라고 하죠? 여러분들도 공부할 때 과자가 당기지 않나요? 밥을 안 먹고 군것질을 하는 타입입니다.

/2부/ 더 궁금한 이야기

은하: 『호수의 일』을 재미있게 읽었어요. 저희와 같은 청소년의 감정이 잘 드
러나는데, 그런 부분을 묘사할 때 어려운 점은 없으신가요?

　지금의 여러분이나, 어렸을 때의 마음이나 기본적인 마음은 다르지 않
다고 생각해요. 나이가 다르다고 다르진 않아요. 표현 방법만 다른 거죠.
고등학생의 일상적인 모습이 사자의 모습처럼 잘 모르는 거예요. 고등학
생들을 만나 인터뷰를 하고 고등학교 선생님을 만나보고 위클래스, 학원
강사들도 만나보면서, 요즘 이렇게 생활하는구나 하고 구체적인 것을 배
웠어요

동진: 언젠가 꼭 다루어 보고 싶은 소재나 이미 사용했던 소재 중 다시 한번
해보고 싶은 것은 무엇인가요?

　장편 판타지를 좋아해서 10편 자리 반지의 제왕 같은 작품을 쓰고 싶어
요. 지금 우리나라에서 서양 판타지 마법사와 같은 서양의 오래된 세계관
을 다른 캐릭터들이 많이 나오는데, 그 건 당시의 사람들이 가지고 있는
공포심 때문이죠. 우리나라도 그런 종류의 판타지, 도깨비, 괴물, 오래된
신화들을 되살릴 수 있는 장편 판타지를 쓸 수 있을지 모르겠습니다.

지윤: 책 소재를 정할 때 학교폭력이나 가정폭력처럼 누군가는 상처를 받을
수 있는 내용을 어떻게 티 나지 않게 표현하나요?

　누군가 상처를 받은 거라면 조심해야 해요. 특히 저는 청소년소설을 쓰
기 때문에 독자를 생각하면서 쓰는 편이죠. 그래서 민감한 주제에 대해서
수위를 조절하고 있어요. 독자를 생각하면서 이 책이 6학년이 읽을 책이

야 하면서 같이 할 수 있는 이야기면 중학생을 만나면 할 수 있는 일이라는 것을 정하죠. 얼굴 보고 차마 못 할 이야기라면 못 쓰고 기본적으로 폭력 이야기를 쓸 때 잘 모르면서 이야기하려고 하지는 않아요.

사니: 간단한 질문이긴 한데 책을 쓰면서 어려움을 느낀 건 언제인가요?

항상 어려움을 느끼는 건 연애하는 부분? 은기가 호정이를 안 좋아했는데 둘 중에 누가 더 좋아했을까요? 호정이였어요. 그런데 호정이가 우울증을 앓은 것으로 나오는데 그 부분에 대해서 잘 알지 못하고 아픈 부분을 잘 알지 못하고 쓰면 안 되니까 우울증에 관련된 책을 많이 읽고 상담 사례 등을 많이 보고 공부를 많이 했어요.

소희: 이야기 중에 자전거가 자주 나옵니다. 어떤 의도가 있었나요?

저는 자전거를 서로에 대한 그리움이라고 생각했어요. 두 가지가 있는데 실제로 자전거를 많이 타잖아요. 호수의 일에 나오는 동네는 연남동을 배경으로 했는데, 남학생들이 실제로 자전거를 많이 타니깐 은기가 자전거를 탔고 그리움과 둘 사이의 설레는 상징을 표현하고 싶었어요.

만남을 기억으로

　작가와의 만남처럼 특별한 이벤트 후에는 바로 그 자리에서 소감을 나누고 마무리하는 것이 좋다. 다른 친구들의 소감을 경청하면서 자기 생각도 다시 정리해볼 수 있기 때문이다. 또한 아이들의 초대에 진심 어린 답변으로 함께 해주신 작가님에 대한 예의도 배울 수 있다.

재율: 『호수의 일』을 읽었을 때 신박한 소설이라는 생각을 했습니다. 그동안 읽었던 청소년소설과 다르게 병원에서 시작하는 열린 결말, 청소년의 무한한 가능성을 표현해서 좋았고요. 오늘 이 자리에 온 소감은 토요일 하루를 투자해도 아깝지 않은 시간이었고 나중에 글을 쓸 때 도움이 될 것 같습니다.

동진: 저 같은 경우는 작품에 나오는 인물들이랑 나이가 같아서 그런지 읽고 나서 호정, 은기의 결핍이 느껴졌고, 결핍을 딛고 성장을 할 때 어떤 태도로 임할 것인가를 스스로 궁금해졌어요. 그래서 오늘 이 자리에 왔습니다.

은하: 저는 『호수의 일』 중에서 '그냥'이라는 말이 나오는데, '그냥'이라는 단어가 어렸을 때 주변에서 들었던 말, 귀찮은 말, 딱 그랬거든요. 그런데 장면의 분위기랑 같이 들으니까 청소년의 감정, 그 모호한 감정이 잘 표현된 단어라는 느낌이 들어서 기억에 남아요.

소희: 작가님 작품 중에 『호수의 일』 말고 『푸른 사자 와니니』도 학교에서 수업했었거든요. 처음부터 여러 가지로 접했는데 영광이었고. 재미있게 읽고 있다고 말씀드리고 싶습니다.

수현: 처음으로 작가님을 만나 영광이었고, 『푸른 사자 와니니』 작가님에

게 이야기 들을 수 있어서 좋았습니다.

지윤: 작가님과 이렇게 특별한 만남을 경험할 수 있어서 좋았습니다. 『호수의 일』에 대해서도 더 생각해보게 되었고, 무엇보다 오늘 저는 작가라는 직업에 대해 많이 알게 된 것 같아서요. 그 점이 가장 좋았습니다.

사니: 다른 책들도 읽었지만, 개인적으로 『호수의 일』 주인공들에게 제가 가장 몰입했던 것 같아요. 그래서 더 좋았던 것 같고 공감되는 것도 많았습니다. 오늘 작가님을 만나서 대화를 나누고 나니, 작품에 대한 애정도 더 가득해지고, 궁금증도 풀리는 그런 시간이었어요.

이현 작가는

단편소설 「기차, 언제나 빛을 향해 경적을 울리다」로 제13회 전태일문학상 소설 부문에 당선하며 작품 활동을 시작했다. 『우리들의 스캔들』 『1945, 철원』 『그 여름의 서울』 『푸른 사자 와니니』 등을 썼다. 동화집 『짜장면 불어요!』로 제10회 창비 좋은 어린이책 원고 공모 대상, 장편동화 『로봇의 별』로 제2회 창원아동문학상을 수상했으며, 2022 한스 크리스티안 안데르센상 한국 후보로 선정되었다.

인터뷰: 우리의 책걸음은 어디쯤일까?

본격적인 '책걸음'을 내디딘 후 사춘기 자녀들과 5년 넘게 책을 읽고 토론했습니다.

의도했던 대로 자녀가 책과 가까워지는 순간 감사한 마음이었습니다. 처음 기대보다 훨씬 유연하고 깊이 있는 생각을 표현할 때면 대견함이 우러났습니다. 앞으로 살아갈 세상에서 꼭 필요한 힘이란 생각에 든든해졌습니다.

그렇다면 그간의 독서토론을 경험하며 과연 이 아이들은 얼마나 성장했을까? 그뿐 아니라 부모인 우리는 얼마나 성숙해졌을까? 지금까지 긴 여정을 함께 해온 부모와 자녀들의 현재 '책걸음'은 어디쯤 와있는지 자문해봤습니다. 그리고는 그 질문에 답을 찾는 마음으로 이 책을 쓰기 시작했습니다. 물론 자기 확인의 목적만은 아니었습니다. 오랜 기간 함께 하다 보니 우리의 여정을 참고하여 '책걸음'을 시작할 어느 부모와 그 자녀에게 '한 장의 지도'가 되길 바라는 마음도 생겨났습니다. 우리의 크고 작은 경험을 보기 삼아 누구든 책으로 힘을 얻고 서로의 관계를 회복하기를 바라게 되었습니다.

책을 완성해가던 어느 휴일, 우리는 모두 한 공간에 모였습니다. 그곳에서 자녀들은 독서토론에 대해 어떻게 생각하는지 확인해봤습니다. 아래와 같이 질문을 던지고 7명의 청소년은 쪽지에 익명으로 답했습니다. 일

종의 성적표 같다는 느낌에 무척 긴장하며 열어봤던 그 날의 비밀인터뷰를 소개합니다.

#청소년 인터뷰_ 내가 생각하는 '독서토론의 가치'는 무엇입니까?

동진

활동을 준비하는 입장에서는, 내가 생각한 책의 핵심 내용을 효과적으로 전달하면서도 참가자들의 흥미를 끄는 방법을 고민하는 과정에서 책에 대한 이해가 더 깊어진다.

활동에 참가하는 입장에서는, 새로운 관점에서 책에 대한 이해도를 점검하고 다른 참가자의 의견을 들으면서 창의적인 아이디어를 낼 좋은 기회를 얻게 된다.

재율

무독성 독자의 만남: 서로 전부 다른 사람들이 '책'이라는 공통분모로 묶여 다양한 생각을 공유할 수 있다는 점 (*여기서 무독성은 無毒性이 아닌 無獨性으로 혼자가 아니라는 의미로 사용되었음)

지윤

처음에는 독서토론임에도 불구하고 '책을 읽어보자'가 아니라 '이것만 읽으면 친구들을 볼 수 있다.'라는 생각을 더 많이 했다. 그런데 독서토론은 그런 모순적인 부분을 상당히 보완해 줬다. 책과의 거리를 많이 좁혀준다는 점이 독서토론의 큰 가치이다.

은하

독서토론의 가치는 사고를 더 넓게 확장할 수 있다는 점이다. 독서토론은 활동을 준비할 때도, 참여할 때도 계속해서 다른 영역과 생각을 결합해야만 한다. 각기 다른 친구들과 대화하면서 사고가 확장되고 새로운 아이디어가 떠오를 수 있다.

소희

똑같은 책을 읽어도 사람마다 생각이 다르다. 서로 다른 생각을 이야기하고, 내용을 이해하면서 우리는 더 깊고 수준 높은 생각을 할 수 있게 된다. 때로는 생각이 막힐 때도 있지만 그것도 나름대로 배움이 된다. 이런 게 독서토론의 가치가 아닐까 싶다.

사니

서로 웃고 떠들기만 하는 친구들과 '독서토론'이란 걸 하다니, 처음에는 오글거린다고 생각했다. 하지만 독서토론을 하면서 친구들이 진지하게 임하는 모습을 보니 평소에 몰랐던 친구들의 장점을 알 수 있어서 좋았고, 내심 대단하다고 느꼈다. 친구들을 더 알게 된 좋은 기회였다.

수현

독서토론을 함으로써 책과 멀어지지 않을 수 있었고 생각의 폭을 더욱 넓혀갈 수 있어서 가치 있다고 느꼈다. 주위를 봐도 우리 독서토론 동아리와 비슷한 경우는 흔히 볼 수 없었다. 우리만의 색다른 경험이 추가된 점이 의미 있었다.

자녀들의 생각을 확인해보니, 내 생각에만 갇히지 않고 새로운 견해를 접하고 나눠 본 경험이 특별했다고 적었습니다. 그뿐 아니라 책을 가까이 하게 된 것, 친구들과 더 친밀해진 것, 남들은 쉽게 하지 못하는 색다른 경험을 한 것 등이 기억에 남는다고 인정했습니다.

사춘기 자녀에게 필요한 것이야 많을 테지만, 세상을 다양한 시각으로 바라볼 줄 아는 능력도 그중 하나입니다. 이 시기의 아이들은 하고 싶은 것도 많고, 자기 생각도 뚜렷해집니다. 다만 폭넓고 균형 잡힌 사고를 하기에는 어려움이 있기에 친구들과 함께 읽고 토론하며 중심을 잡아가려는 노력이 꼭 필요합니다.

    자식을 낳고 기르면서 한결같이 해온 생각이 있습니다. '내가 아이를 키우는 만큼 아이 역시 부모를 성장시킨다.'라는 것입니다. 위 비밀인터뷰 내용을 확인하면서 다시 한번 같은 생각을 했습니다. 사춘기 자녀들이 이렇게 자기 생각을 키워가는 동안 부모들은 얼마나 부모다워졌을까요? 그래서 이런 질문을 해 봤습니다.

#부모 인터뷰_ 독서를 통해 자녀가 무엇을 얻기 바랍니까?

별나라
구체적인 무엇을 바라고 독서를 권한 건 아니지만, 지금 생각해보니 자녀가 지혜로운 사람이 되길 바라는 마음이었다. 아마 세상을 살아가는 지혜라고 할 수 있을 것 같다.

만년서기
독서를 통해 얻기 바라는 세 가지! 책에서 따뜻한 위로를 얻기를, 생각하는 힘이 자라길, 험한 세상을 헤쳐나갈 힘이 생기길 바란다.

청개구리맘
살다 보면 반드시 역경에 부딪힐 텐데, 그때마다 책을 읽으며 진짜 어른다운 힘을 낼 수 있길 바란다. 진정한 어른으로서 나 자신을 이해하는 힘, 상대방을 포용하는 힘, 세상을 따뜻하게 바라보는 힘. 책에서 얻는 선물은 이 정도면 충분하다.

꿈꾸는문어

아들 초등시절, 엄마에게 베니코처럼 『전천당』을 소리 내어 읽어줄 때 나는 독서가 주는 선물인 풍부한 감성과 공감 능력에 감사했다. 사춘기 들어 입이 점점 무거워질 때도 간간이 책 이야기로 서로의 진심을 짐작하기도 했다. 그런데 조금 더 욕심을 내고 싶었다. 앞으로 다가올 수많은 가치 판단과 선택의 갈림길에서 책 속 주인공처럼 현명한 판단을 할 수 있기를 바란다.

마이웨이

첫째, 책과 멀어지기 쉬운 사춘기 자녀가 주기적으로 책을 읽으며 삶의 지혜를 쌓을 수 있기를, 둘째, 책 속에 등장하는 다양한 인물과 상황을 통해 다른 사람의 감정을 이해하고 공감하는 능력을 키우기를, 셋째, 책 속의 인물과 상황에 빗대어 자연스럽게 자기감정을 표현하고 자신을 들여다보면서 당면한 문제를 객관화하고 스스로 해결점을 찾을 수 있기를 바랍니다.

부모들의 생각에서도 비슷한 결을 발견했습니다. 독서를 통해 자녀의 정서적인 안정, 위기의 순간에 빛나는 지혜로움, 굳건한 정신력 등을 얻길 원하는 모습이었지요. 저마다 자녀가 타고난 자기 색깔대로 살아가기를 응원하는 모습이었습니다.

지금까지의 독서토론 여정 덕분에 우선 아이들의 '책 읽기 성년식'까지는 무사히 도착할 수 있었습니다. 이제부터는 각자 책을 통해 얻길 바라는 능력들을 하나씩 채워 가면 됩니다. 물론 부모의 역할도 조금은 달라져야겠지요. 여태껏 앞에서 '책걸음'을 끌어 주었다면 이제는 서두르지 않고 옆에서 그저 나란히 걸어가 주면 됩니다.

현재 자녀를 교육하며 책을 어떻게 활용할까 고민하는 부모님들께 저희의 경험이 조금이라도 도움이 되길 바랍니다. 사춘기 자녀와 소통이 되지 않아 마음 아픈 분들, 자녀와의 관계를 잘 지키고 싶은 분들도 책을 매개로 변화를 시도하신다면 분명히 긍정적인 효과를 얻을 겁니다. 고민하고 시도하는 모든 부모님을 진심으로 응원합니다.

10년 후의 나는, 지금의 내가 만드는 '나'라고 합니다. 현재의 노력이 모여 결국 미래의 모습을 완성한다는 사실을 떠올리면 순간순간의 선택은 너무나 소중하게 느껴집니다. 처음 독서토론 동아리를 시작한 첫 '책걸음'이 우리를 이 책의 마지막 장까지 이끌었습니다. 그렇다면 다음은 누구의 '책걸음'이 시작될까요...?

사춘기 책 한 걸음 선정도서

부록에 실린 책은 독서 동아리에서 2019년부터 2023년까지 5년 동안 읽었던 책들과 2015년부터 2016년의 목록이다. 2015년부터 2년 동안 읽었던 책들은 주로 집에 있던 전집류와 유명 단편 그림책 중심이었고 따로 기록해두지 않아 전집의 이름만 남긴다. 독서 동아리에서 가장 중점을 두었던 부분은 고전 문학과 청소년 성장소설이다. 그래서 목록 중에 고전문학과 청소년 소설이 제일 큰 비중을 차지한다. 때때로 진로와 관련된 책들은 필요에 의해서 인문학이나 수학 과학분야의 책들을 읽었고, 인문고전이라 불리우는 책들을 한국문학과 세계문학으로 구분하였다. 독자 입장에서 필요에 따라 활용하기를 바란다.

분류	권	책제목	작가	출판사	년도
한국문학	1	허생전	이상현	꿈소담이	2009
	2	홍길동전	정종목	창비	2003
	3	옹고집전	조혜란	창비	2004
	4	전우치전	김남일	창비	2006
	5	장화홍련전	박안나	그레이트북스	2009
	6	열하일기	이명애	파란자전거	2004
	7	난중일기	이순신	서해문집	2004
				미래주니어	2022

분류	권	책제목	작가	출판사	년도
한국문학	8	백범일지	김구	돌베개	2005
	9	봄봄 동백꽃	김유정	푸른책들	2017
	10	100년 후에도 읽고 싶은 한국명작단 편-운수 좋은 날, 메밀꽃 필 무렵	한국명작단선 정위원회	예림당	2005
	11	우리들의 일그러진 영웅	이문열	다림	2014
	12	한국수필베스트70- 피딴문답	이어령	혜문서관	2009
세계문학	1	아Q정전	루쉰	창비	2006
	2	돈키호테	미겔데 세르반테스	푸른숲주니어	2007
	3	소공녀	프랜시스 호지슨버넷	비룡소	2006
	4	동물농장	조지 오웰	지경사	2010
	5	레미제라블	빅토르 고	비룡소	2015
	6	어린왕자	생텍쥐페리	비룡소	2005
	7	톨스토이 단편선	레프 톨스토이	인디북	2005
	8	해저 2만 리	쥘 베른	시공주니어	2012
	9	나의 라임오렌지 나무	j.m. 바스콘셀로스	동녘	2003
	10	크리스마스 캐롤	찰스 디킨스	비룡소	2003
	11	베니스의 상인	찰스 램, 매리 램 공편	창비	2001
	12	80일간의 세계여행	쥘 베른	시공주니어	2009
	13	모비딕	허먼 멜빌	푸른숲주니어	2007
	14	데미안	헤르만 헤세	코너스톤	2017
	15	안네의 일기	안네프랑크	삼성출판사	2015
	16	파랑새	모리스 마테를링크	시공주니어	2015

분류	권	책제목	작가	출판사	년도
세계문학	17	올리버 트위스트	찰스디킨스	푸른숲주니어	2006
	18	갈매기의 꿈	리처드바크	문예출판사	2004
	19	걸리버 여행기	조너선 스위프트	비룡소	2016
	20	아라비안 나이트	권영미 옮김	삼성출판사	2015
	21	로빈슨 크루소	다니엘 데포	지경사	2001
인문학	1	찰리와 초코릿 공장이 말하지 않는 것들	공윤희, 윤예림 공저	샌들코어	2016
	2	나는 초코렛의 달콤함을 모릅니다	타라 설리번	푸른숲주니어	2017
	3	청소년을 위한 역사란 무엇인가?	최경석	살림friends	2008
	4	이매진 빌리지에서 생긴 일	유범상	지식의 날개	2019
	5	백설공주는 왜 자꾸 문을 열어줄까?	박현희	뜨인돌	2011
	6	국제 분쟁 무엇이 문제일까?	김미조	동아엠앤비	2021
	7	10대에게 권하는 인문학	연세대인문학 연구원	글담	2014
	8	누가 내 치즈를 옮겼을까?	스펜서 존슨	진명출판사	2015
	9	(정의롭고 행복한 진짜 결말을 찾아서) 옛이야기로 만나는 법이야기	신주영	꿈초	2019
수학과학	1	씨앗을 지키는 사람들	안미란	창비	2013
	2	로봇중독	김소연 외	별숲	2018
	3	십 대가 알아야 할 인공지능과 4차 산업혁명	전승민	팜파스	2018
	4	재밌어서 밤새 읽는 화학 이야기	사마키 다케오	더숲	2013
	5	재밌어서 밤새 읽는 수학 이야기	사쿠라이 스스무	더숲	2013
	6	수학 특성화 중학교 1 ~ 3	이윤원	뜨인돌	2015
	7	가르쳐주세요! 열에 대해서	정완상	지브레인	2022

분류	권	책제목	작가	출판사	년도
그림책	1	마지막 거인	프랑수아 플라스	디자인하우스	2002
	2	굴뚝 마을의 푸펠	니시노 아키히로	소미미디어	2017
	3	눈아이	안녕달	창비	2021
	4	민들레는 민들레	김근희	휴먼어린이	2023
아동청소년문학	1	초정리 편지	배유안	창비	2013
	2	몽실언니	권정생	창비	2012
	3	마지막 레벨 업	윤영주	창비	2021
	4	거짓말 학교	전성희	문학동네	2009
	5	푸른하늘 저편	알렉스 시어러	미래인	2013
	6	의자뺏기	박하령	살림friends	2015
	7	행운이 너에게 달려오는 중	이꽃님	문학동네	2020
	8	나를 팔로우하지 마세요	올리버 폼마반	뜨인돌	2020
	9	아무도 들어오지 마세요	최나미	사계절	2019
	10	용기 없는 일주일	정은숙	창비	2015
	11	체리새우 비빌글입니다	황영미	문학동네	2019
	12	세계를 넘어 너에게 갈게	이꽃님	문학동네	2018
	13	연의 편지	조현아	손봄북스	2019
	14	설이	심윤경	한겨레출판	2019
	15	사랑에 빠질 때 나누는 말들	탁경은	사계절	2019
	16	우연한 빵집	김혜연	비룡소	2018
	17	독고솜에게 반하면	허진희	문학동네	2020
	18	죽이고 싶은 아이	이꽃님	우리학교	2021
	19	클라라의 전쟁	캐시 케이서	스푼북	2019

분류	권	책제목	작가	출판사	년도
아동청소년문학	20	시간을 잇는 아이	정명섭 박지선	책담	2021
	21	싱커	배미주	창비	2022
	22	1분	최은영	시공사	2017
	23	페인트	이희영	창비	2019
	24	순례주택	유은실	비룡소	2021
	25	달러구트 꿈백화점	이미예	팩토리나인	2020
	26	푸른 머리카락	남유하 등	사계절	2019
	27	손도끼	게리폴슨	사계절	2001
	28	호수의 일	이현	창비	2022
	29	무례한 상속	김선영	다림	2021
	30	구미호 식당	박현숙	특별한 서재	2018
	31	5번 레인	은소홀	문학동네	2020
	32	스노볼	박소영	창비	2020
	33	아몬드	손원평	다즐링	2023
	34	가까이 다가오지마	에릭 월터스	푸른숲주니어	2020
	35	불편한 편의점	김효연	나무옆의자	2021
전집류	1	지인지기 인물이야기		그레이트북스	
	2	비룡소 그림동화		비룡소	
	3	생활 속 사회탐구		그레이트북스	
	4	역지사지 세계문화		그레이트북스	

부모 되는 철학 시리즈

"함께 나누는 행복 이야기"

부모가 된다는 것은 지구상에서 가장 힘들고 어렵다. 동시에 가장 중요한 일이기도 하다.
'부모되는 철학 시리즈'는 아이의 올바른 성장을 돕는 교육 가치관을 정립하고 행복한 가정을 만들어
가는 데 긍정적인 역할을 할 것이다. 부모가 행복해야 아이들도 행복하다. 행복한 아이와 행복한 부
모, 나아가 행복한 가정 속에 미래를 꿈꾸며 성장시키는 것이 부모되는 철학의 힘이다.

경기도 고양시 덕양구 청초로66 덕은리버워크 지식산업센터 B-1403호 T.02-323-56